DESDE SUS TRAZOS ROJOS

Por Yamile Vaena

Basado en el cuento:
"BREVES TRAZOS ROJOS DE UNA ETERNIDAD"

escrito a versos de 140 caracteres
de Yamile Vaena

DESDE SUS TRAZOS ROJOS
YAMILE VAENA
CÍRCULO PRÓXIMO EDITORES
TODOS LOS DERECHOS RESERVADOS
ISBN-13: 978-1517101435
ISBN-10: 1517101433

Esta NO es una historia de Amor.

Es una historia de
un lienzo en blanco,
y la tinta roja
que le pone la vida.

Esa imagen infinita de tu nombre en el mío.

Me queda,
el silencio de tu sombra
y la ausencia de tu nombre.

-

Me queda el fantasma en el que te convertiste.

-

Puedes escribir que eres breve y contar todas las
estrellas del universo... o puedes, simplemente, sentarte
conmigo a contemplar la luna.

-

Hay veces que ser etérea no es suficiente.

-

Lentamente le susurraste al tiempo que nos esperara...
Nunca entendiste que el tiempo, de verdad, no existe.

Desde Sus Trazos Rojos

Yamile Vaena

Desde sus Trazos Rojos

DIBUJAR

Hundí la brocha en el color rojo. El lienzo blanco e imponente, me pedía seguir. Un trazo, la pincelada, un bestial negro creciendo en las diferentes tonalidades. El rojo intenso, que se oscurece ante la mirada de vidrio. Sus ojos. Callados, como nunca antes los había visto. La historia aquí, inevitable, a cada pincelada. Es como esconderse de quiénes somos, olvidarnos que aborrecemos el ángulo de nuestra nariz, o las rodillas huesudas, o el recuerdo rancio de alguna cicatriz en la piel gastada.

Imagino que tendría que empezar a hablar de él, así, de tajo, sin demasiada preparación. Y es que para hablar de él siempre encuentro un pretexto. Pero me adelanto. No es esa cruda descripción de caracteres la que quiero hacer. Caminar por mi memoria es a veces, como dar largos paseos en hermosas ciudades desconocidas por primera vez. Es complicado describir ventanas o callejones precisos, pero de alguna manera, no tan difícil intuirlos, como si ya estuvieran allí, desde el principio. Esperando que los descubrieras. Sin tiempo.

El tiempo no existe en mi memoria. Tiene su lógica, si uno lo piensa, la vida rara vez se rige por lo que creemos.

Yo era dibujante. Desde pequeña, dibujaba todo, con los deditos en la arena, o con la espuma del jabón entre mis manos. Dibujaba en mis trenzas mientras me peinaba, dibujaba en las ventanas que lloraban agua en las tormentas… nunca necesité un lienzo, o un lápiz, o nada. Era casi un comportamiento involuntario. Afortunadamente nací en una época en que esa locura era aceptada y fui impulsada por orgullosos padres a quienes les gustaba pensar que su vida era más interesante de lo que en realidad era. Ambos sufrían un trabajo de más de 8 horas de oficina sin gran remuneración o reconocimiento, pero tenían una niña prometedora, con una exacerbada capacidad de abstraerse de todo y *"dibujar"*.

Así que, desde niña, fue inevitable adentrarme en el circo que acompaña a los niños sobresalientes; yo era la que siempre dibuja, aquella que puede sacar el trazo a lápiz de un atardecer, logrando resultados fotográficos. La pequeña artista capaz de hacer el retrato de la lluvia, o pintar las estrellas con toda su gama de colores, un fenómeno raro de circo, desde pequeña…

Mis padres, como todos los otros padres de niños *"prodigio"*, querían sentirse especiales, así que trataron de fomentar mi habilidad a toda costa. Yo crecí con una agenda apretada de clases artísticas y extenuantes horas de *"estudio"*. La normalidad, para mí, resultaba *"anormal"* para todos los otros niños. Algo que, a final de cuentas, me pasó su factura psicológica.

Lo que que algunos interpretaban como un talento especial, los expertos en la *"psique"* lo llamarían *"manía,"* o *"desorden compulsivo"*. Algo así como cuando los niños hacen bolitas de papel, o se muerden el labio, o se chupan el dedo, o no sueltan su mantita o peluche que los acompaña y les da seguridad; yo dibujaba. Sin lápices, ni crayolas, con lo que fuera. Aún lo hago. Ya no es motivo de porras o aplausos. Quizás ahora, a mi edad adulta, es más normal que alguien trace garabatos con coherencia y forma; para mí siguen siendo dibujos.   Ahora son más sofisticados, tienen técnicas, materiales, texturas. Llevo ya una vida experimentando con ellos y dicen que la costumbre y la experiencia nos hace ser quién somos. Dibujar me define.

No sé si sea realmente talentosa. Quizás sí. Siempre fue como si me preguntaran si tenía nariz u ojos. Era parte única de mi manera de existir. Conforme fui creciendo, mis dibujos comenzaron a cobrar importancia en mi vida y a apropiarse de la vida social y familiar.

Ese es el problema con los padres orgullosos de niños con cualidades que destacan, pierden la perspectiva, se preocupan más por aprovechar los dones y habilidades de sus pequeños que por hacerlos felices.

Fuera de los dibujos y del rechazo instintivo que provoca ser "la diferente", mi infancia fue como cualquier otra. Fui niña antes de la era digital, así que aún puedo decir que jugué en el parque, que patiné, anduve en bicicleta, me trepé a un árbol, jugué a las muñecas, al "resorte" y el "espiro". Era una niña de una delgadez casi frágil, con una curiosa agilidad para casi todos los deportes. Sobre todo atletismo. Era veloz. Muy veloz. Mi madre decía que siempre tenía prisa por estar en otro lugar, haciendo algo más. Que si no tuviera esa manía de dibujar en todos lados, parecería potrillo desbocado en vidriería.

Doy brochazos con especial intensidad. Tanto rojo. ¡No puedo parar! ¡Ah, cómo quisiera detenerme! Pero eso ya no cambiaría nada... Si mis padres hubieran creído en los psiquiatras, seguramente me habrían medicado algo para niños hiperactivos. Lo cierto es que ellos escuchaban entusiastas si alguien alababa mis virtudes, pero no querían ni siquiera de lejos enfrentar insinuaciones sobre probables desordenes psicológicos o de personalidad de su pequeña prodigio.

Quizás todo hubiera resultado diferente. Pero no los culpo. Al menos ya no. Bastante paquetito fui ya de por sí. Sobreviví mi infancia entre el "ser diferente" y tratar de adaptarme. Supe, en la mayoría de los casos, usar mis dibujos a mi favor. Me volví incluso popular, gracias a ellos. Creaba historietas, hacía dibujos de muñequitas, con todos sus accesorios y sus vestidos que pasábamos horas recortando y ajuariando. Todas mis amigas querían una "Clarita", como llamaban a estas muñequitas de cartón con sus novios, sus ponys, sus arcoiris, albercas, accesorios, ropas y zapatos de papel. Ahora que lo veo de adulta, hubiera sido un producto bastante mercadeable, algo así como "las barbies" de papel. Pero de niña tampoco era para mí un juego. Se trataba de estrategias para que la "mancha" de ser diferente no fuera tan grave.

Así que dibujaba, desde niña y el resto de mi historia hizo que llegáramos a aquí. Donde me tiembla la mano ante un lienzo rojo que no tengo permiso de dejar de pintar. Me aterra detenerme. y no consigo olvidar sus ojos…

Debo seguir. Es lo único que me queda. Dibujar como un suceso, como algo que te pasa, así, sin estructura. Aunque los trazos por sí mismos tienen un destino, no todos ocurren en el mismo sitio, se dan aquí y allá, por colores, a veces por materiales y en realidad, no tienen ninguna coherencia hasta que son terminados.

Alzo la vista y miro el lienzo, casi todo es rojo. Rojo y blanco. Una deformación que sufres cuando has dibujado toda tu vida, es que empiezas a percibir el mundo a lápiz, pinceladas, colores, texturas. Todo a tu alrededor se convierte en una tesitura, un matiz, tonalidades. Y cada color, con su intensidad, contiene signficados intensos, más allá de lo que podemos estar conscientes. El rojo como color en la brocha, me lleva al dolor. El blanco a él.

No podría ser de otra manera. Sus tenis blancos. Muy blancos. Tipo bota. El color blanco me lleva a él. Un hombre de matices blanco y negro, con muchas sombras. La muerte le había marcado modificando su vida. Quizás por eso todos sus colores eran pálidos. Todos, menos los que representaban a su pequeña hija de 4 años.

Clara, se llama; como yo. Algunos colores no son casualidad, pero sí ironía...

Era un hombre poco común. En general, elegante. Le gustaba usar trajes a la medida, normalmente de corte italiano, marcas caras. En algún momento de depresión perdió la batalla con el sobrepeso emocional, cuando murió su esposa, desde entonces, perdió sus colores y se volvió de tonalidades pardas. Ha recuperado su forma. se cuida de una manera casi heroica, lo que le logró un cuerpo atlético para un hombre en sus cuarentas. Pero nunca recuperó sus colores. se quedó en tonalidades grises y pardas, de luto.

Algunos días se rebelaba y su vestimenta eran jeans, playeras roqueras y chamarras de cuero negra. Parecía perder años, recobrar viveza, cuando esto sucedía. Pero siempre le faltó la gama cálida del color. Nada de carmín. Esa era una de sus principales peculiaridades. Podía ver en él, tonos amarillos, naranjas, algunos azules, incluso verdes, colores tímidos, como deslavados. Nada de rojo. Entonces, no comprendía la razón.

Se autonombraba esteta, pero yo sabía que era mucho más que eso. No se le llama esteta a un hombre que usa como escudo la belleza, pero que se adentra a ella de clavado, desde sus profundidades, aliándose desde su corazón, mente y espíritu. Él vivía esclavo de algunos estereotipos marcados por las modas de su adolescencia. Sus esquemas de valores venían del romanticismo de los caballeros medievales. Veneraba la belleza física, admiraba la idea de la mujer de tez blanca, pequeña, delgada, frágil, delicada, de facciones suspirantes y ojos grandes. Gustaba de las rubias, pero sobre todo, de las pelirrojas. Como buen esteta era intenso en sus preferencias, pero era algo más profundo lo que en realidad lo cautivaba. Su alma tenía suficiente sensibilidad para amar el arte en casi todas sus formas.

Era un tipo algo difícil de adivinar, no era un hedonista que se vanagloriaba de retozar en placeres superficiales. Disfrutaba y alababa sin miramientos la belleza exterior, pero más allá de las capas de arriba, miraba profundo. Yo siempre me conecté a él a esos niveles.

Cuando lo conocí ya era viudo. Su esposa murió de parto al dar a luz a su tercera hija… la pequeña Clara.

Mi tocaya fue una bebé con una alegría interior contagiosa. Quizás su código genético llevaba escrito que le tocaría vivir sin madre y por ello nació con tales niveles de carisma, o quizás los bebés humanos desarrollan especiales habilidades de supervivencia según las circunstancias y la extrema simpatía e ingenio de la chiquita era sólo un ejemplo de una eficiente proceso evolutivo.

Lo cierto es que la bebé Clarita, aún muy chiquita, hablaba con los ojos. Bastaba una mirada para que el padre o las hermanas comprendieran lo que ella necesitaba o requería. Aprendió, desde pequeña, a manejar a su antojo los hilos del titiritero. Era una nena brillante. Quizás porque tuvo que ser la nueva luz que acompañara a su madre al otro lado.

Clarita bebé tenía una mente extraordinariamente femenina. Es muy probable que lo haya heredado de la mamá.

Su madre, Chris, tenía los rasgos de una belleza de origen irlandés. Obedeciendo los estereotipos de la preferencia de Javier, Chris parecía haber sido creada especialmente para saciar la avidez de su monstruo esteta. Chris era, físicamente, todo lo que él había soñado. Su rostro era blanco, sus rizos rojos y sus ojos eran únicos, de un intenso y perfecto verde esmeralda. De facciones finas y cuerpo delicado, pequeño y frágil, no pudo sobrevivir el parto natural de una hermosa bebé de más de 4 kilos. No hubo complicaciones al parecer, hasta que madre e hija se conocieron y en el momento en que la madre besó a Clarita, Chris murió. Perdió demasiada sangre. Tenía sentido su muerte, ella perdió su color rojo.

No puedo pensar en algo más devastador para un padre enamorado, unas hijas adolescentes y una bebé recién nacida. Imagino que allí fue donde Javier perdió su color vivo. La historia de Javier me conmovió desde el primer momento.

Pero me adelanto de nuevo. Hablaré de cómo nos encontramos. Había en el viejo barrio, ése, que se volvió costumbre visitar por los bohemios, varias librerías/cafeterías rústicas, donde normalmente se hacían veladas de guitarra, copas de vino y duelos de poetas y artistas. Frente a sus viejos escaparates polvosos, por las calles, sobre las banquetas e invadiendo las veredas y callejones, se exhibían antigüedades, retratos y dibujos a la venta, de la mano de los artistas, al curioso que tenía algunos pesos de más para gastar.

Yo tenía un grupo de amigos, "artistas callejeros", se llamaban. La mayoría eran pintores, escultores, algunos poetas y escritores, todos escapistas del status quo, o las "reglas para vivir "escritas en sitios no tangibles. Algunos, -no pocos- los más mediocres, utilizando la droga como musa necesaria para la inspiración, otros un poco más talentosos la usaban como diversión o escape a su infinito aburrimiento de ser un argot, o estereotipo. La mayoría, sin pierde y a honra de raras excepciones, usaban la droga como parte de su nutriente diario.

Resultaba irónico ser una caricatura del status quo, justo cuando lo que deseas es rebelarte a ello. Pero cuando pasas de cierta edad y sigues con tus pantalones de mezclilla rotos, tu pelo largo, las camisas de manta y los collarines de cuero, a lo que te intentas rebelar no es a la sociedad, si no al paso del tiempo, a tu vida misma.

Mi gama de amigos de este estilo, "hippies" por comodidad o como estilo de vida, variaban de los 17 hasta los 50 años, de ambos sexos. Algunos más perdidos que otros, algunos más fantoches. Todos creaban algo. Y sorprendentemente, sí existía mucho talento extraordinario perdido en las callejuelas sucias del centro de esta ciudad a la que pertenezco. Poetas urbanos, artistas de banqueta, escultores, pintores y músicos que brindan su arte por algunas monedas. Pensé en la prostitución de las almas, que la mayoría de mis amigos detesta de aquellos que han conseguido vivir de su arte.

En ese sentido, como siempre, yo era "la diferente", porque sí vivía de mi arte y como siempre, tuve que encontrar una estrategia para no sufrir el caro precio de no ser igual. Si bien de niña tuve que hacer mis muñecas de papel, el costo por no convertirme en paria en un círculo en el que me negaba a dejar de pertenecer, fue un poco más complejo. Dibujado con muchos más laberintos.

Cuando somos niños, los problemas son más simples, se solucionan compartiendo un chocolate o dibujando y recortando. De adultos tenemos que lidiar con cosas mucho más complejas, hipocresías, formalismos (sí, aún entre estos rezagados rebeldes, existían códigos no dichos muy estrictos: el desprecio a los "yuppies" o "corbateados", la inherente burla hacia la vida acomodada y superficial de los "sporties", o "bonitos" de las revistas de moda y los suburbios, el desprecio por los "gringos".) La fantochada los obligaba a hablar, moverse y arrastrarse de cierta manera... al final eran lo mismo, igual de prejuiciosos y elitistas, sólo con prioridades diferentes. No despreciaban a alguien por su higiene, pero sí por su estilo de vida, ropa, preferencias intelectuales, gustos y hábitos y costumbres; eran igual que aquello que despreciaban.

Eso me divertía y me ofrecía retos importantes, porque yo

siempre pertenecí a ambos mundos. Fui una niña mimada, mis padres, si no ricos, siempre intentaron darme lo mejor, seguramente más allá de sus posibilidades. Yo crecí en la categoría que el artista callejero describiría como "burgués" o "niña de familia". Viajé, aprendí inglés, algo de francés, bosquejos de alemán, me tocó ir a algunos conciertos, exposiciones en el MoMA, galerías y museos Louvre, el Prado, el Smithsoniano, el Met, tomé clases de pintura y dibujo con algunas grandes personalidades del surrealismo, como Alfredo Castañeda y, aunque estudié en San Carlos, luego logré una beca en el extranjero para la especialización en Italia. Yo tenía todas las características para causar el rechazo de mis amigos "hippies". Había tenido "la vida fácil". En la que ellos se negaban a encajar. Por cierto, también me divertía ese concepto.

Solemos creer que al otro le va mejor, que le fue más sencillo todo, que no tiene problemas. Ese alto complejo de dioses, de jueces, ¿Qué sabemos nosotros? ¿Quién sabe qué laberintos existen en la cabeza de cada individuo? Lo que nos puede parecer pequeño e insignificante a nosotros, implica algo profundo y complejo en otros.

Así que tuve que ingeniármelas para no ser rechazada en mi círculo de artistas callejeros. Y parte de una de las estrategias era pasar algunos sábados patinando entre ellos. (Lo sé, pero no se trataba de ser igual a ellos, tenía que seguir siendo yo, diferente; pero diferente aceptable. Además, me encanta estar sobre ruedas).

El día que conocí a Javier, yo traía patines y me deslizaba divertida esquivando esculturas y puestitos de collares de artesanías de mis amigos. Llegó con un grupo de contemporáneos a la cafetería. Era noche de bohemia y algunas veces, para atraer turistas y un poco más de dinero al local, los parroquianos participaban; tanto en los duelos literarios (que se armaban feroces) o cantando, al estilo Karaoke.

Quiso el destino (luego entendí que no fue precisamente el "destino", quien lo quiso) que mi patín se atascara en el "tendido" de uno de los puestos y yo trastabillara y cayera encima de él, casi justo en la puerta.

A pesar de la sorpresa, él reaccionó rápido y consiguió amortiguar el golpe. Me abrazó. Me protegió con firmeza. Así que no me lastimé. No sé si puedo decir lo mismo de él, cuya espalda amortiguó los escalones. Pero sí acabé un poco aturdida. Por un segundo o dos, nos quedamos en el suelo, mientras sus amigos reaccionaron y nos ayudaron a pararnos.

-¿Estás bien? -me sonrió.

-Sí, perdona… perdí el control. ¿No te lastimé?

-¡Qué va! ¡No había hecho mis maromas diarias, me has ahorrado la rutina de ejercicio!

Los dos reímos y me ayudó a incorporarme.

-Me llamo Javier.

-Soy Clara. –sonreí. Él pareció sorprendido.

No me di cuenta en ese momento de la razón; ahora sé que mi nombre tiene una connotación importante en la vida de Javier, por ser el nombre de su pequeña bebé.

Entonces, el ambiente se puso raro. Hasta ese momento, ninguno de los dos se había dado cuenta del grado de cercanía que sufrimos de golpe e improviso, -y peor-, lo cómodo que había resultado para ambos. Nos apartamos visiblemente nerviosos. Sus amigos ya habían entrado a la cafetería y Javier me hizo una seña de que debía entrar. Yo me quedé allí mirándolo, sonriendo y asentí.

Al pie de la puerta dudó, volteó de nuevo y dijo:

-¿Nos acompañas, Clara?

Sonreí mostrándole un letrero que tenía el viejo ventanal de la cafetería.

NO ENTRAR CON PATINES.

-Debieron ser más específicos. Debieron poner, "no entres con patines, Clara." –bromeé.

Javier rió. Su risa era libre, cómoda, sincera.

-¡Por lo visto, te conocen!

-Un poco.

-Hasta luego, Clara, ¡un gusto conocerte! –y entró al local.

Mis amigos, los clandestinos, nos miraban a distancia prudente, al desaparecer Javier en el lugar, se acercaron inmediatamente, como esos animales que salen de la madriguera a media noche, nerviosos, asomándose rápidamente cuidando que nadie los vea. Llegaron, claro, burlándose.

-Bueno, Clarita, ¿así que ahora te les avientas a los "corbateados"?

Fue el patán de Raúl, aún ardido porque nunca cedí a sus encantos.

-Eres un idiota. –y le di un zape en el hombro.

Raúl era alto, flaco, desgarbado. Tenía el pelo largo, por gajos, casi rastra, pero siempre iba limpio, oliendo a una loción dulzona que me resultaba irritante. Vestía cotidianamente una chamarra hecha de tela de jerga y unos shorts de mezclilla, demasiado grandes para su falta de carne. No diría que era feo. Comprendería su pegue con algunas chicas, si no fuera tan terriblemente molesto. Tenía la tez apiñonada, la nariz recta, unos profundos ojos color verdosos con tintes grises (entre verde olivo y amarillos, dependiendo de lo que vestía), manos grandes y una voz muy agradable. Físicamente, era mi tipo, no lo niego. Raúl era lo que una prima llamaría "un buen bistec", pero nada más. Yo realmente pensaba que era un idiota.

Él era de esos tipos que tomaba como retos a sus conquistas y no aceptaban "no" por respuesta. Por alguna razón, le interesé yo y resultaba un fastidio ver todas las estrategias que se inventaba para llamar mi atención. No parecía comprender demasiado que suelo hacer muchos amigos, -más hombres que mujeres- a las mujeres, confieso, nunca las he entendido lo suficiente, aún siendo una, pero en cuestión de romances, mejor ni me meto. Bastante tengo con tratar de equilibrar el resto de las cosas en mi vida.

Y peor: Raúl no quería un romance, quería un trofeo, quería ganar a la "chica imposible", la que no quiere a nadie. De quien ya habían empezado a dudar de su tendencia sexual, por no conocerle en tanto tiempo, el mínimo interés en algún muchacho. Yo no salía con nadie, ni quedaba con nadie. Tenía montonales de amigos, muy pocas amigas, pero las pocas, las mejores. Y siempre me rodeaba un séquito de gente siguiendo mis travesuras.El concepto del amor, me sacaba algo de ronchas y la idea de ser el trofeo para lucir de alguien, era aún mucho peor. Y si bien nunca me he considerado fea, me parece un insulto que alguien se interese en mí porque cumplo sus estándares de calidad en cuanto a peso, estatura, color y forma. Estúpidamente, siempre busco ser algo más.Así que hice a un lado a Raúl y después de una mirada de reojo a la librería, me impulsé para patinar entre los puestos. "Javier"–pensé mientras sonreía.

SOBRE EL DOLOR DE LOS
POETAS MUERTOS

Javier cruzó el umbral con una sonrisa extraña. Hace tiempo que no sonreía así, inconscientemente. No era un tipo chispeante de alegría desde que su esposa había muerto, pero hoy parecía tener un poco más de color. Cerró la puerta y siguió su camino hasta donde sus amigos ya lo esperaban en la mesa. No era muy tarde aún; serían las 6 y media de la tarde, ese punto exacto en el que no ha empezado a oscurecer, pero la luz empieza a decaer sin pretensiones.

A Javier le gustaban estas sutilezas simples. Las mesas desgastadas de madera casi virgen, rústicas, sin toda la parafernalia de las nuevas cadenas de cafeterías. Le gustaba el olor a café tostado, aunque rara vez tomaba café ya, lo dejó con el cigarro, con el sobrepeso de antaño, con las nubes rotas de esa otra vida que ya no habría de regresar. Dejó también el alcohol y las comidas grasosas. Se había decidido a cuidar de él mismo como hubiera querido cuidar de ella, como debió cuidar de ella todos los días del resto de su vida. Había hecho las paces con Dios, su Dios, como él lo percibía. Estaba agradecido de haber vivido un amor tan hermoso y de haber compartido casi 20 años de su vida con una mujer tan sublimemente imperfecta. Eso no quitaba que llevaba el duelo más allá de su corazón, en el alma, a todos lados donde iba. Era inevitable sentir que al irse Chris, se había llevado todo el color que lo hacía vivo.

Ahora le tocaba a él solo cuidar del fruto de su gran amor. Las punzadas de dolor eran naturales cuando viajaba a la situación de sus hijas. Las mayores habían sido estupendas con la bebé Clara. Pero en el fondo consideraba injusto que ellas lo ayudaran tanto. Eran un núcleo muy unido. Chris, su amada ya eterna, habría amado verlos así... un engranaje perfecto, cuidándose unos a otros, protegiéndose, añorándola, convencidos de que alguna vez estarían juntos de nuevo...

¡Cuánta falta le hacía a veces! El dolor se había ido dulcificando con los años, pero no se había hecho más pequeño. Javier lo había agregado a su naturaleza, palideciendo un poco su brillo natural. Descubría en sus nenas, pequeñas magias que lo hacían volar a ella. A veces era en el insomnio de una noche calurosa, o un gesto en medio de una comida dominical con las niñas o en una película o en una discusión o un ademán.

Javier era escritor. Así había conocido a Chris, entre juegos de palabras y su historia de amor era hermosa, cumplía todas las fantasías que tuvo desde pequeño. Ahora se dedicaba a otra cosa, como casi todos los hombres hábiles con la pluma que deben mantener a una familia. Tenía un alto puesto directivo en una empresa del giro industrial. Vigilaba los procesos, se encargaba de todos los asuntos de mejora continua y esquemas de calidad. Pero seguía escribiendo. A veces era la única manera de mantenerla viva, de mantenerse vivo.

Javier había aprendido, con el golpe de su pérdida, cómo aprovechar sus estados de ánimo para lograr ser no sólo funcional, sino salvajemente eficiente. Tenía los engranajes domésticos moviéndose como un reloj. Las niñas se turnaban para cuidar a Clarita, mientras una iba a la universidad, la otra se encargaba de la bebé y así, cuando la chica estaba en la escuela, Sofi, la mayor, era la que cuidaba a Clara. Las tareas domésticas las coordinaba con una agenda de planeación diaria cuya meta rara vez se alcanzaba, pero siempre le daba estructura a las obligaciones de cada miembro para que las cosas fluyeran sin una madre al mando.

En su trabajo, Javier aprovechaba la furia de su luto, en los momentos que requerían de mano dura y decisión firme. Él había conseguido enfocar toda la energía negativa de su duelo, en algo que lo mantenía en movimiento. Su vida era ocupada, completa, llena de actividad y cariño por sus hijas. Y en soledad, escribía. La muerte de Chris no le había restado intensidad a sus días, sólo había cambiado las tonalidades, intensificándolas. Había, de ser eso posible, multiplicado su pasión al darse cuenta y agradecer todos aquellos instantes etéreos de su vida cotidiana por los últimos 20 años. A veces le parecía que la frase "hasta que la muerte los separe", era insoportablemente injusta. La volvería a encontrar. Estarían juntos de nuevo, a eso vivía aferrado.

Mientras tanto, trataba de no olvidar ningún detalle. En este ejercicio de memoria, aprendió a amar todo aquello que incluso le desesperaba de ella. Empezó a amarla idílicamente, si es posible, aún más. La manera en que ella fruncía su nariz cuando no sabía disimular su desagrado; o la molesta costumbre que tenía de despertarlo dos minutos antes de que estuviera listo para hacerlo; su miedo irracional a las multitudes que acababa en ataques de pánico incontrolables. Su forma de reír, los rizos rojos vistos a través de la luz de la ventana. Sus placeres culposos; ver ese programa que le parecía un insulto a su inteligencia pero no sabía perderse, o la rigidez para las reglas, que tanto lo desesperaron tantas veces. Todo esos pedazos de vida eran ahora un tesoro. Lo consolaban y torturaban a la vez.

Algunas noches solitarias recordaba a su Chris en la alcoba. Su hermosa y larga espalda blanca que él tanto amaba. ¿Cómo podía verse tan infinita? Siendo ella tan pequeña, tan suave… Javier no supo dejar su amor ante la huida de su amada a otra dimensión, sino que, si era eso posible, se intensificó. Y todo en él era por naturaleza y de nacimiento, salvajemente intenso.

Era quizás esa marcada densidad, las tormentas de los últimos años   y el eterno y profundo dolor melancólico que ahora había adaptado a su personalidad, lo que le hacía vivir en tonalidades claras, de matices sutiles y sentir agradecimiento profundo por las sensaciones simples.

Había aprendido, a la mala, a valorar los pequeños instantes. Su vida cotidiana se había revolucionado en formas por él inimaginables en los últimos años y como hombre cabal que era, decidió tomar al toro por los cuernos y su esfuerzo por vencer el caos y el amor por sus hijas, fueron lo único que lo salvó de no morir con ella el día que se fue de su lado.

No importaba la cantidad de soles que sucedieran después. Javier era un lobo de una pareja, no reincidente. Tuvo un perro, una vez, tuvo un gato, una vez. Tuvo un amor adolescente y torturado, que terminó. Y luego conoció al amor de su vida, esposa y madre de sus hijas.

A la muerte de ella, le quedaba hacer como los lobos esteparios, separarse de la manada. O marcar su espacio. Cohabitar sin pareja, sin volver a buscar compañía femenina trascendente.

En su vida completa, quitó la ecuación del amor de mujer si no era por ella. Alguna vez trataron de empatarlo con alguna colega y una chica de su misma iglesia, el resultado lo había dejado completamente asqueado.

¡Arena! Beber de otros labios, besar a otra mujer, lo dejaba seco. Ahogándose con arena en la garganta. Con esa desagradable incomodidad de la arena molestando en la piel…

-No sé porqué demonios te fuiste y me dejaste solo. ¿Qué te pensabas? ¿Cómo hago ahora para besar labios de arena, Chris? –le discutía a la luna o al rocío del amanecer.

-Hey, Javier, ¡que es para hoy! –le gritó desde la mesa Carlos. El más viejo del clan de poetas que habían tomado por costumbre reunirse a leer creaciones, jugar juegos de palabras y discutir sobre literatura, desde la época de la universidad.

-...te digo que fue en "El Laberinto de la Soledad" de Paz... -gruñía Pedro. Paz era su tema preferido. Javier hubiera preferido discutir un poco a Sabato, a Bioy, a Borges, a su amada Plath. Pero Pedro tenía esta condenada obsesión por repetir a Paz.

En ese momento, no estaba necesariamente prestándoles atención a sus amigos. Por alguna razón desde que cayó a la acera para evitar que la chica desconocida se golpeara contra los escalones, no había podido dejar de ver imágenes de Chris. Le pasaba muy seguido al principio de toda la pesadilla...

-"El hospital fue una pesadilla..." –le confesó alguna vez a su hermana... -pero las pesadillas son sueños y terminan. A veces es peor despertar y descubrir que, ahora, esta es tu realidad... ya no sólo es un mal sueño. Y va a ser la realidad por el resto de tus días.

Lo inconcebible desde la primera vez que la miró: Una vida sin ella.

La vida sin Christian, ahora sería su vida.

Y él lidiaba con su luto de la mejor manera que sabía. Había perdido algo de color su vida, pero considerando las circunstancias, no era poca cosa lo que había logrado. Al pasar de los años, sus hijas vivían bien y felices, sin olvidar a la madre y le habían fomentado a la bebé también amor por esa bella y pequeña pelirroja, que tanta falta les hacía.

Últimamente, pensar en Chris siempre le hacía sonreír. Se había propuesto no olvidarla. No sustituirla, no amar a ninguna otra mujer de nuevo, no como a ella. ¿Cómo podría? Se había propuesto, en sus momentos de soledad, conversar con ella, escribirle, contestarse como si ella lo hiciera. Mientras el viviera, la amaría. Mientras el viviera, ella viviría a través de él.

Los amigos de Javier ya se habían acostumbrado a sus espacios meditabundos, que en su mayoría, intentaban respetar. Bastante les había costado regresarlo a la vida, revivirlo, sacarlo del pequeño mundo que creó tratando de salvar del caos a su pequeña familia.

Esta vez, ante el calor de las primeras cervezas, decidieron ignorarlo y continuaron con su discusión.

- ¡... Hubiera sido interesante ver eso! ¿Qué opinas tú, demonio?

Le llamaban demonio, desde las épocas mozas, cuando todo el grupito empezó con sus pequeñas reuniones. Cada quien tenía su papel en el clan de los poetas y el de él era ser el Demonio Iletrado.

"La Roja"-pensó con tristeza Javier. Chris pertenecía al mismo clan. Allí comenzaron a ser amigos, hace, pareciera, tantas vidas. "La Roja" era su apodo. Y las batallas de letras entre La Roja y el Demonio Iletrado eran épicas e intensas y desencadenaron una serie de circunstancias que lo convirtieron en este hombre que él era hoy, irremediablemente ligado a una eternidad sin ella.

-¡Pienso que son una banda de palurdos! Los grandes se reirían de todos ustedes juntos! –dijo Javier, casi riendo, con una alegría sorpresiva para ellos.

Todos lo festejaron divertidos.

-Habló "el grande".

Y empezaron las mofas, las risas, los juegos y los brindis.

"Sólo son una banda de poetas muertos, verdad "Roja"? –le hubiera dicho a Chris en ese momento, mientras ella sonreía y lo miraba con coquetería y complicidad pícara. Esa misma mirada que siempre lo volvió loco.

Javier cerró los ojos por un segundo, evocando con felicidad infinita el momento.

-¡Linda chica! ¿eh? ¿Ahora se te te arrojan a los brazos, demonio? ¿Pues qué les haces? ¡Pasa la receta! ¿Te dijo al menos su nombre? – preguntó alguien del grupo.

Parecería que Javier no los escuchó realmente, pero por alguna extraña razón, la bella imagen de su Chris fue invadida por la sensación de la caída al suelo, el aroma de ella, sus brazos alrededor del suyo protegiéndolo, esa agradable sensación tan lejana de sentir un abrazo intenso, más allá de sólo sentir un cuerpo.

Sin darse cuenta ya no estaba sonriéndole con complicidad a su bella pelirroja en sus épocas universitarias, si no estaba de nuevo tirado en los escalones, con una inquietante desconocida en sus brazos, de quien apenas podía recordar el rostro, pero podía oler y sentir como en años no lo había hecho.

-Se llama, Clara. -contestó molesto y confundido por la invasión de la fantasía y la realidad.

SIN DESTINO, SÓLO CASUALIDAD

Ese día era como cualquier otro. Una semana había pasado de la reunión de los amigos en la vieja café-librería. Era sábado y Clara hoy no llevaba patines. Ese día quería pintar.

No era demasiado complicada en su proceso creativo, pero poco lo hacía en la calle porque su capacidad de abstraerse era terriblemente intensa y perdía nociones de la realidad. Pintar en la calle podía convertirse en algo terriblemente peligroso cuando eres incapaz de estar atento al respirar urbano de las calles que palpitan. Así que sus amigos se turnaban para vigilarla. Clara no estaba realmente consciente de lo importante que era ella para su grupo de callejeros. Le gustaba imaginarse como una extranjera excéntrica que valoraba lo pintoresco de "la artisteada" urbana, a la que aceptaban por graciosa. Pero nunca se imaginó como parte de la *"parvada"*.

La verdad es que sus amigos, la querían bien y Clara, en su desconexión de la realidad, poco o nada se daba cuenta de las veces que la salvaban del *"patán navajero"*, o de asaltos sorpresivos, graves manoseadas o incluso escenas mucho más violentas. El costo de vivir en una ciudad como ésta, era alto y tenías que estar condenado a siempre estar atento a una posible agresión desconocida. Pero Clara no lo tenía muy consciente. A pesar de no ser ya una niña, aún conservaba esa aurea brillante, como de inconciencia hacia el peligro. Eso la hacía patinar más allá de las 8 de la noche en callejuelas poco iluminadas, donde no sólo se sugieren escenarios de sucesos siniestros, si no que también acontecen.

Clara tenía buena estrella, sin duda, porque nunca le tocó vivir alguna escena violenta. Buena estrella y buenos amigos, que la rescataban de los peligros de una salvaje jungla urbana, sin que ella siquiera se enterara.

Ese día decidió dibujar a media calle. Se llevó su atril, su lienzo, su paleta, sus óleos y brocha. Y pintaba.

Clara soñaba mucho, pero los sueños de Clara no eran como los de la mayoría. Ella soñaba seguido con figuras, colores y trazos. Como si su subconsciente fuera un lienzo que Dalí divertido transformaba. No sería extraño que el día menos esperado empezara a dibujar relojes derretidos o aves de largas y raquíticas piernas. Sus sueños eran imágenes, sonidos, esperanzas transformadas a pinceladas. Ella seguido se inspiraba en sus sueños para dibujar.

-No entiendo qué le ven. En serio. ¿Cuál es la gran gracia de ponerte como idiota? –discutía con sus amigos artistas callejeros sobre la droga. -En serio Jacobo, ¿cuál es la gracia? Digo, ¿tanto como para sacrificar tu vida y acabar en el manicomio?

Aquella vez discutían sobre Juanjo, un amigo mutuo que se había dado un pasón en drogas y se había perdido completamente.

- ¡Juanjo tenía verdadero talento! ¡Era brillante! En serio, ¿Qué necesidad de arruinar su cerebro?

Jacobo sólo hacía movimientos negativos con la cabeza.

Él era un hombre cuyo rostro hablaba de una juventud atractiva, ahora, pasados los 45, aún tenía un aire interesante, podía pasar por guapo, incluso; tipo árabe. De piel morena, aún bastante pelo, cejas tupidas, muchas ojeras y ojos de abundantes pestañas. Era delgado, bastante más alto que Clara. Jacobo era escultor y su especialidad, las manos. Esculpía unas manos tan realistas que parecían obra de Ron Mueck. Sus piezas no tenían nada que pedirle al talento del australiano, aunque no utilizaba fibra de vidrio ni técnicas tan sofisticadas.

Jacobo era como el hermano mayor de Clara. La cuidaba siempre. Como viejo lobo de mar, estaba algo maleado; pero a la chiquilla despistada, a "la harbanita", como él la llamaba, que no se la tocaran.

-¡Claro tú dices eso porque tú no las necesitas, Clara! ¡Tú puedes clavarte viendo un cuadro de un bosque y sin que nos demos cuenta ya estás en él ya te metiste al río ya perseguiste a una parvada de patos y hasta acariciaste a Bambi! ¡No sé qué demonios pasa con tu cabeza, pero cualquier persona normal, harbanita, necesita mínimo un porro para hacer eso!

Lo cierto es que sí había una condición que distinguía a Clara de todos los demás. Tenía esa curiosa cualidad de escapar de la realidad y conectarse a nivel más profundo con las cosas. expresado en colores, podría plantarse frente a un Van Gogh y adentrarse tanto a él hasta distinguir los colores básicos: azul, amarillo, rojo, en todas las pinceladas del genio torturado.

Clara era capaz de separar en Dalí sus largos bigotes y remar con ellos sobre el reloj derretido. O utilizar el corsé de Frida como arpa en una sinfonía de pinceladas equivocadas en algún otro lienzo. Todo eso podía vivirlo tan intensamente. Olerlo, suspirarlo, sentirlo, respirarlo, acariciar texturas, incluso, hasta escucharlo, sin necesidad de ninguna sustancia extraña. Podía mirar a la famosa Mona Lisa, escondida tras una ventana como una niña juguetona con su ambivalente expresión en el rostro.

No, Clara no necesitaba drogas. Por eso no podía entenderlas. Jacobo tenía razón, todos los efectos que otros experimentaban ante los famosos Poppers, downers y los sicotrópicos "just for fun", con Clara sucedían solos, como explosiones químicas en el cerebro o fuego artificiales.

Este sábado Clara pintaba un hermoso rostro femenino. Había despertado con esa imagen en la cabeza, una piel blanca, pecosa, de nariz respingada, frágil, de unos hermosos ojos color esmeralda y una boca pequeña pero de labios carnosos. Dibujaba a la chica casi de perfil, una graciosa figura con un vestido blanco, que pareciera que tiene alas, de una hermosa y larga cabellera de rizos perfectos, rojos, de un rojo intenso.

"El rojo es muy importante" -se decía Clara casi en un tono autista, mezclando con furia e intensidad la paleta para encender el rojo casi a color fuego radiante. Estaba pinceleando con intensidad los rizos rojos y logrando un efecto con la luz del sol como si los bucles adquirieran textura, volumen, elasticidad. Casi parecía que la intensa cabellera roja salía de la pintura a invadir aquella (ya tarde) sabatina.

Jacobo estaba en el puesto de al lado, trabajando con una versión escultural de las manos de Escher que se dibujan a sí mismas, pero permanecía pendiente de Clara y sus ojos de fuego creativo. Le preocupaba cuando ella se ponía así, le daba la idea que algún día ese fuego fiero de sus ojos le provocaría una combustión instantánea y la bella y simpática Clara ardería a cenizas o quizás, le saldrían alas y tomaría vuelo, dejando a todos estos tontos que la rodeaban en el piso, rastreros, sin poder alcanzar sus horizontes. Jacobo, como los otros callejeros, la quería bien y sólo podía contribuir con lo que podía para su seguridad y eso consistía en vigilarla celosamente cuando tuviera el capricho de perderse en un lienzo en medio de una de esas callejuelas.

Las ruedas estaban empecinadas ese día en crear pequeñas coincidencias. Fue simple casualidad que ese sábado, Javier hubiera decidido desempolvar su tabla de Skate, fue sólo coincidencia que Sofi y Lucy decidieran llevarse a la bebé Clarita al nuevo centro comercial, abandonando a Papá solo con su día. Fue por simple azar que el parque estuviera lleno de perros por una exposición canina, invadiendo las pistas y rutas habituales donde Javier solía retozar con su tabla. Todas esas circunstancias fortuitas, sin que el destino interviniera, no tenían nada que ver en que Javier llevara una semana con una inquietud que lo llamaba a esa misma callecita, donde Clara acabó en sus brazos, la semana anterior...

Desde los 16 se consideraba "skater" y nunca lo había dejado. La práctica hace al maestro así que, a pesar de no ser un jovencito, lograba piruetas interesantes y era divertido verlo deslizarse. Rara vez se caía, rara vez se tropezaba. Tenía todos sus movimientos estudiados aún en territorios desconocidos, su control de la patineta era excelso. Parecía obedecerlo casi intuitivamente, como si fueran uno.

Pero lejos estaba de imaginar que iba a tener esta visión. Había tomado vuelo en el Skate cuando la vio allí, de blanco, con ese hermoso vestido blanco que había llevado a la playa en su luna de miel, que le daba ese maravilloso aire angelical, como si tuviera alas. Su piel era suave y joven, como la recordaba cuando hicieron aquel viaje, blanca y el salvaje rojo de sus rizos largos, ondeados al sol, al viento.

"¡¡¡¿Chris?!!!, ¿Qué haces aquí?"

–Quería verte patinar, Skater. A ver si aprendiste algún truco nuevo últimamente. -contestó contenta.

Todo pasó muy rápido Javier iba a toda velocidad contra el atril que pintaba con furia Clara, Jacobo apenas tuvo tiempo suficiente de atajarlo para que no destrozara completamente el cuadro, pero al desviarlo de su trayectoria, Javier había volado a los brazos de Clara, debido a la velocidad, dio una maroma y de nuevo, su instinto fue abrazarla con firmeza; protegerla de la caida, ambos rodaron un poco, hasta que disminuyó la velocidad, cuando todo pasó Javier y Clara parecían dos niños acurrucados abrazados fuerte.

-Lo siento – balbuceó Javier desorientado. -¿Está usted bien?...

-Sí, creo que sí, ¿Qué... pasó? -contestó Clara aún aturdida por haber sido extirpada violentamente de su estado de concentración creativa.

-¡Clara! ¡Eres tú! –y el pulso de Javier se aceleró aún más mientras el corazón parecía brincarle del pecho. ¿Cuáles eran las posibilidades de que Clara estuviera justo en el lugar en el que él se caería por tener una alucinación de su esposa?

Tendría que revisar eso, hablar con alguien, ir al doctor, hacer algo, solía hablar con Chris, pero esto había sido demasiado. ¡Verla así, tan real, como si estuviera allí! Su preocupación se desvaneció en segundos.

"Clara" -invadió su pensamiento, inquietándolo, sensibilizando todos sus sentidos. No supo si se hizo daño. Más tarde descubriría raspones y moretones y algo de sangre en algunos lados, pero en ese momento, sólo podía vivir una sensación de absoluto bienestar. Esta vez la familiaridad del aroma de la chica, el calor del contacto, el sentimiento en la piel, todo fue mucho más intenso quizás, por la adrenalina. Se sentía muy feliz de volver a verla. Increíblemente feliz. Experimentaba un vértigo difícil de explicar.

-¿Te hice daño? -preguntó Javier preocupado al ver a Clara tan desorientada aún. -¿Te golpeaste la cabeza? –Javier no lo había notado, pero todo este tiempo seguía ella acurrucada en sus brazos, no se habían levantado aún. Para él habían pasado varios minutos, en realidad, no. Avergonzado, se incorporó despacio y con cuidado de no quebrar a una muñequita, con muchísima ternura, ayudó a Clara a incorporarse.

Apenas la levantó Jacobo le propinó un severo puñetazo a Javier en la cara que volvió a tumbarlo.

-Clara, harbanita, ¿estás bien? -se apresuró a alejar a Javier de Clara, abrazándola él mismo. –Háblame, preciosa, ¿te golpeaste? Mira lo que te hizo este idiota! –Jacobo le echó una severa mirada de reproche a Javier que se limpiaba con dificultad la sangre que fluía de su labio.

-Lo siento... perdí el control, creí... -y fue cuando la vio.- ¿Qué...? -el cuadro de Clara no sufrió grave daño, sólo se había abollado en una esquina pero Jacobo lo había logrado salvar. Allí estaba recostada, paciente, como esperándolo la misma imagen que había invadido su realidad. El vestido blanco, la expresión suficiente y etérea de su rostro, sus fieros rizos rojos volando al viento. Javier, sin aliento, fue incapaz de emitir cualquier sonido.

Allí en el suelo, atrapada en el lienzo de Clara, escuchó a su amada susurrarle con picardía:

"No te conocía esa nueva pirueta, Skater, muy impresionante" -se burló Chris.

LA ROJA

-¿Ya, dime, en serio, ¿Porqué "La Roja"?

-¿Será porque tengo el pelo azul, tonto?

-Vamos, ¡nada es tan simple contigo!

Chris sonrió. Fruncía un poco su nariz y sus ojos cuando lo hacía. Javier rara vez resistía esas sonrisas, pero su lugar como "mejor amigo", no le permitía comérsela a besos.

"Somos amigos", se repetía, "además, una chica así, ni en sueños se fijaría en mí."

Chris rió. Su risa era fresca. No lo hacía demasiado, más bien sonreía, después de alguna frase ingeniosa. Hacía gala de su sangre irlandesa, vistiendo su humor con un exquisito sarcasmo inglés. Bromeaba mucho, pero desde una apariencia seria, casi severa. Lo único que te sugería que estaba jugando, era la travesura de esos brillantes ojos color esmeralda y una media sonrisa, casi mueca, que siempre contaba más de la historia y acababa mostrando un profundo desprecio por los seres inferiores.

-Cuando era niña, un día me llevaron a una obra de teatro se trataba de un musical, un show de tap, el coreógrafo, bailarín principal, una estrella notable, tenía el record de los pies más veloces.. Michael Doherty, "Lord of the Dance" se llamaba. La historia era hermosa, literalmente toda contada con los pies. Con música irlandesa y gaitas, se trataba de una guerra entre dos bandos y el amor se representaba, para el protagonista, con una delicada bailarina vestida de blanco y por una salvaje chica de chinos negro azabache, vestida de rojo. Mientras la blanca era delicada y sutil y le coqueteaba discretamente al guapo del cuento, "La roja" era pasión pura y él se veía arrastrado a sus pasos de baile, por un deseo incontrolable, más allá de lo físico y lo material. Era salvaje y poderosamente sexy. desde niña, yo decidí ser, "La Roja".

Javier la escuchaba atento, alguna vez había visto algo de ese musical, nunca le prestó gran atención. Anotó mentalmente que tendría que conseguir verlo para entender un poco más la psique de su mejor amiga.

Mientras ella hablaba, Javier solía partirse en dos, (o en 3, a veces), desde que se había enamorado de ella, (él sospechaba que incluso antes de verla por primera vez), cada vez que Chris hablaba, Javier se sentía un arqueólogo indagando pistas, futuras, presentes, pasadas. Siempre parecía estar buscando indicios de quién era en realidad esta soberbia chica de carácter fuerte. Esa pequeña fuerza de la naturaleza, veleidosa, soberbia, perfecta.

Así que cuando interactuaba con ella, como buen esteta, una parte de él mismo se perdía en su belleza. Y otra parte, la profunda, la que se embelesaba con la inteligencia y chispa de la pelirroja, se dedicaba a investigar, a recabar cada rincón de ella en su memoria; en todo su ser.

Se imaginó entonces, a aquella niña que decide, ante la delicadeza, ternura o cursilería, ser la pasión, la guerrera, la diabla, la sensual, la intensa… "La Roja".

En realidad, la imagen cazaba mucho con ella. "La Roja", no por su impresionante cabellera, fuego, sino su abrasador corazón de incendio, por la hoguera interminable en la que Javier añoraba vivir todos sus paraísos.

No se había dado cuenta hasta entonces, pero miraba atentamente sus labios rojos y pequeños, carnosos. Los miraba fijamente, con una profunda curiosidad. ¿A qué sabrían esos labios?

Los últimos labios que había probado carecían de nombre y de rostro. Había viajado aleatoriamente en aventurillas sin importancia desde que se le desbancó el corazón por primera vez; pero ahora ante esos puerta roja a la vida, no podía encontrar alguna comparación.

Los labios de su mejor amiga eran para él, las inalcanzables puertas del Edén. Jamás se atrevería a besarla y, a la vez, le parecía imposible imaginar no habitar en ellos, por el resto de sus días. Vivir de sus deseos, alimentarse de todos los sonidos y caricias que emitieran.

Javier era un estúpido enamorado y ya había hecho las paces con ello. Se había dejado caer al vacío sin importarle nada. Peor suplicio sería no amarla... pensaba cuando la realidad le recordaba que no era suya, que quizás nunca lo sería.

Por este y mil motivos más, su amistad con "la Roja" no era cosa sencilla. Eran inseparables y ella, por momentos, parecía pertenecer a ese ensueño de desearse sin poderlo confesar, pero eran destellos aislados, que Javier desechaba casi inmediatamente con un: "Jamás se fijaría en ti, ¿estás loco? ¡Mírala!"

El problema de amar a alguien que consideras imposible, es que a fuerza de amarlo lo materializas y en tu cabeza y corazón, en contra de tu voluntad, empiezas a armar esa realidad donde tu amor es verdadero y no sólo una fantasía.

-Así que por eso decidiste apodarte "La Roja". ¡Te queda! -dijo Javier atropelladamente al saberse descubierta su insistente mirada a los labios rojos, pequeños y delineados.

-¿Crees en la muerte, Javi?

Preguntó casualmente Chris. Era algo que ella hacía. Esos momentos sublimes, lugares perfectos, donde él se hubiera animado a robarle un beso, ella le presentaba un nuevo reto intelectual. Alguna frase o pregunta que abría la puerta a largas caminatas por la filosofía y el pensamiento, a veces, la religión, o la literatura, la etimología o hasta la política o economía.

Javier se dejaba llevar. Sabía de sobra que no podría evitar lanzarse de clavado en esa nueva retórica que cabalgaba hacia ellos.

Tardó un segundo en meditar su respuesta. "La Roja", como siempre, lo había tomado desprevenido.

-¿La muerte en el sentido práctico? ¿Ontológico? ¿Etimológico?

-La muerte real. Si yo muriera. ¿Dejaría de existir? ¿Sería aún yo? ¿Me iría a un lugar mejor, donde luego me reencontraría contigo, es decir, con todos mis amigos? Tú sabes, el clan, la gente que me importa, mi familia…

La punzada de dolor fue profunda al imaginar un mundo sin su Chris. Eso era completamente imposible. No podía ser.

-Yo no me preocuparía demasiado…

-¿No? ¿Tan poco te importo, Iletrado?

Javier sonrió. Ella sabía, -tenía que saber- cuán importante era para él. Amaba cuando le coqueteaba así, entre telones, como diciéndole: ¡Anda, dime que me quieres! Aunque esa era parte también de su fantasía. Chris jamás diría algo así. Todos esos brillos de esperanza que su amor era correspondido se desechaban pronto al mirar sus ojos verdes y perderse en ellos. El "jamás" le dolía siempre que la miraba. Le dolía, pero tampoco se lo creía demasiado.

En este caso, le costaba imaginarse a "la Roja", segura y agresiva como era, preguntando dócilmente si la quería... no, si algo tenía Chris es que jamás había tenido que dudar de los afectos que provocaba.

-No es eso, no podrías morir, eres eterna.

-¿Eterna? ¡Es mucho tiempo! ¡Envejeceré y me veré fea! ¡Me aburriré de estar sola!

-No, no envejecerás. Serás eterna así, ¡bellísima!. Y no te aburrirás, porque yo soy inmortal y no pienso alejarme de ti, así que tendrás a quien joderle la vida, "Rojita".

A Chris se le iluminó la cara al escucharlo.

-Así que, Javier inmortal y Chris eterna... ¡Me gusta! ¿Es un trato, Iletrado?

-¡Señor Demonio Iletrado para usted, Señorita Colorada!

Chris lo miró sonriendo, de una manera muy intensa. Cómo nunca lo había hecho antes y sólo por un segundo, Javier sintió que era completamente feliz.

SOBRE LA VIDA

-Lo siento mucho, Javier. No quería que terminara así.

"¿Lo sientes mucho? ¿Cómo te atreves, Chris? ¿Cómo te atreviste a abandonarme?"

Y se fue.

El comienzo de la pesadilla. Del resto de mi vida sin ella.

Así que lo decidió y se fue. ¡Se fue! ¡Pero claro que se iría!

¿Porqué habría de quedarse? ¡Su gran beca en el extranjero! ¡Londres! ¡Gran cosa! ¡Sus estudios! ¡La enorme oportunidad! ¡Eso es más malditamente importante a que se nos desgarre el alma! ¡Cómo me saca de mis casillas su terquedad! ¡Peor que una mula! ¿Y nuestro amor? ¿Dónde quedaba?

Le pedí que nos casáramos, me arrodillé, le supliqué que no se fuera. ¡Ah, pero esa mala cabeza cuando decide algo, no hay manera de convencerla de lo contrario! ¡Maldita terquedad la suya!

Chris se había ido. Y allí estaba yo, hecho una mierda, parado como un idiota en el aeropuerto, bañado en lágrimas y moqueando, mirando como imbécil a ese avión llevarse mi vida entera. Verlo despegar ardía en mis entrañas. ¡Londres! ¡Maldita sea! ¡Cómo la odio!

Verla irse era tan parecido a la muerte. ¡Maldita Roja! ¿Qué pretendes? ¿Cómo carajos sigo sin ti?

Es verdad que las cosas no habían ido bien últimamente. No, desde que le avisaron que le habían dado su beca y me comunicó que se iría un par de años tan lejos. Nuestro "nosotros" había sido invadido por el profundo dolor que te deja lo finito. El "fin"no cabía entre ella y yo. Ella era eterna y yo inmortal y éramos infinitos. No tenía derecho a cambiar eso, ni ella, ni yo, ni nadie y mucho menos una estúpida "gran oportunidad" profesional.

-¡No te vayas! ¡No seguiré siendo yo sin tu eternidad! Le susurré apretando fuerte su cuerpo desnudo aquella mañana.

-Por favor, Javi, no lo hagas más difícil. –y volvimos a fundirnos en un cuerpo, porque eso éramos, sólo uno, no podía ser de otra manera. No podía concebirlo diferente.

Habíamos hecho el amor toda la noche. La última semana, no podíamos dejar de besarnos, llorábamos, discutíamos, nos comíamos con pasión, me derretía, la odiaba, la quería, le rogaba. Ella lloraba, se enojaba, me insultaba, me retaba, me rogaba ir con ella. Estábamos ardiendo. Ardiendo en un fuego que nos consumía por su estúpida decisión. La vida entera daría en este instante porque ella no hubiera tomado ese vuelo.

-Christian, por favor, no te subas a ese avión. ¿Qué va a ser de nosotros?

Fue cuando lo dijo, bañada en lágrimas, sin esperanza alguna.

-No sabemos qué sucederá, Javier. No me esperes. Si tenemos que ser, seremos.

-¡No! – Y la inminente desolación, la caída.

-Lo siento mucho, Javier. No quería que terminara así.

La besé una vez más, con odio, desesperación, angustia. Quise meterme en su piel para irme con ella. La idea de no verla todos los días, de no respirarla... era intolerable.

Ese día, en el aeropuerto, los dos, sufrimos por primera vez ese ataque de pánico, ése, donde no hay aire suficiente que le explique a mis pulmones que ella se va lejos, que no amaneceré en sus brazos mañana, que no sé si volveré a verla...

No...

Ella regresaría a mí, volveríamos a estar juntos, la vida sin Christian no era una posibilidad. No para mí.

SOBRE LA MUERTE

Clara no podía tomar fuerza para parpadear.

-¿Cómo sucedió?- preguntó alguien más a su alrededor.

Clara escuchaba sin escuchar. Completamente ida.

Había soñado que estaba en un alto risco negro, como un acantilado, donde las olas furiosas alternaban colores azules y rojos. A veces eran mar, a veces infierno. Y ella que no era ella, estaba en la punta del acantilado y miraba hacia abajo. al infinito profundo a veces azul, a veces rojo- naranja. Y la temperatura cambiaba, a veces se sentía frío, a veces calor.

-Fue un accidente, fue un llamado por un incendio, Eddy fue el primero en llegar, rescató a todos en la casa, dos niños, una bebé, la abuela… volvió a entrar a cerciorarse que no había nadie más y fue cuando ocurrió la explosión.

Eddy había muerto.

Ella soñó que volaba, o en realidad caía, pero ella no era ella, era él, era su corazón, su amor, sus sueños, sus temores. Mientras caía, las aguas, o los fuegos, alternando, se abrían a su paso, acelerando la velocidad y a la vez, ella percibía todo despacio. La caída no le provocaba angustia o desesperación. No era una pesadilla realmente, sólo un sueño raro. Clara era de sueños, de sueños raros, llenos de simbolismos que más adelante, relacionaba con sucesos que pasaban.

-El día que murió la abuela, mamá. Cuando recibí la llamada, yo ya lo sabía.

-¿Cómo es eso, Clara?

-¡Ves que tía Laura murió un par de días antes?

La abuela de Clara, Julia y la tía Laura, eran hermanas. Julia era una mujer que creció en la revolución, el gran amor de su vida la traicionó de la peor manera posible y no se regresa igual de esos callejones cuando dejaste atrás el corazón desangrado. La abuela era infeliz. Toda su vida lo fue, desde que sus hijos eran niños. Y las personas infelices a veces, se vuelven crueles de dolor con los que más aman. Julia era una anciana enojada, amarga, áspera; nunca fue la abuelita cariñosa de los cuentos.

En cambio su hermana, la tía Laura, era la abuela que todo niño pudo soñar. Clara se refugiaba en sus enaguas en cada pleito terrible de sus padres. Y la tía Laura le preparaba un chocolate caliente, le tejía una cobijita, le enseñaba a hornear galletas. La tía Laura era dulce y adoraba a Clara. La abuela Julia no toleraba la bribonería de la niña, seguido gruñía que desperdiciaría su talento por un mal hombre y cosas así.

La tía Laura murió dos días antes que la abuela Julia.

Y la noche anterior a que muriera la abuela. Clara tuvo un sueño muy extraño.

-¿A qué has venido? –le preguntó a la tía Laura.

-He venido por tíita Julia, porque está embarazada y debo cuidarla.

-¿Tíita Julia está embarazada? –preguntó confundida Clara. Tíita Julia tenía 87 años. ¿Cómo podía estar embarazada?

-Claro, si cogió, erá lógico que se embarazara. –contestó tia Laura.

El sueño fue bizarro por todos lados. La tía Laura jamás habría empleado ese lenguaje, o dado esa explicación. No sólo porque la naturaleza lo hacía imposible por la edad, si no también por los últimos 40 años de odiar a los hombres, la tíita Julia jamás se hubiera embarazado.

La verdad que interpretó Clara después, fue que la tía Laura había decidido colar a la abuela Julia al cielo, para entrar juntas y meterla de contrabando, sin que nadie la viera.

-Lo soñé, mamá. Soñé que tía Laura venía por ella…

No quedaba duda para Clara que la tía Laura se había ganado el Edén, pero la única manera que la amarga abuela entrara al cielo, era escondida en las enaguas de su hermanita.

Al día siguiente, cuando contestó Clara el teléfono y le avisaron de la muerte de su abuela, no parpadeó. Desde entonces, le ha ganado una especie de superstición por sus sueños y suele dedicarles atención, e intentar interpretarlos.

Muchas cosas son raras con Clara y otra de ellas es su estrecha relación con un mundo que sólo ella percibe, nadie más.

Así que Clara caía, al abismo azul y rojo, pero no era Clara y en el fondo allí lejano, se veía una caja de ébano, negra y con una forma macabra inconfundible, el ataúd se abrió con una explosión justo cuando Clara despertó de un brinco entre sudores fríos.

Entonces recibió la llamada.

La muerte. Eddy había muerto. Había salvado vidas y había muerto.

Eddy era un héroe. ¡Estúpido Eddy! ¡Maldito Eddy, no pudiste ser un poco menos egoísta? ¿Cómo que un héroe? ¿Y yo qué?

Lo que vino después es, para Clara difícil de explicar. No recuerda mucho. El dolor, esa especie de oleada de aire que desaparece en tus pulmones, dejando fuego, como bocanada, es complicado de describir. Ese sueño que el alma calcina, ahogando el llanto, entrando en shock, olvidando las lágrimas, el miedo, la realidad.

El primer paso en el proceso de la muerte de Eddy, fue, para Clara, sólo la nada. Jamás algo había sido tan imposible, como la vida sin él.

Le llevaba 3 años... cumpliría 22 en unos meses y era su único y gran amigo. Nunca sabría ya cuánto lo quería, de forma distinta, nunca pudo decírselo...

-¡Estúpido, estúpido héroe Eddy! –Clara furiosa, casi compulsiva, garabateaba dibujos enojados en un papel.

SUEÑOS AUSENTES

A veces se asomaba a vidas ausentes. Como si tratara extirpar de ellas un motivo o un sueño. Estaba triste ese día. Ese día y el que pasó y el que vendría. No tenía motivo para estarlo.

Su vida fue todo lo que soñó y no fue lo que esperaba. Estaba cansado. Cansado de la rutina, cansado de los nombres, cansado de las responsabilidades. Estaba cansado de jugar a ser el hombre que siempre quiso ser. Algo en él, se sentía deslavado.

Quizás estaba en la edad en la que todos se preguntan el camino. Tiempos en que quisieran encontrarle coherencia o algo, algo que nos aferre a quienes somos. De joven tenía muchas ideas. Era afortunado, seguramente. Tenía una bella esposa, dos hermosas hijas, un buen trabajo. La vida era buena. ¿Y él, qué era? ¿Qué demonios le pasaba? ¿Qué le faltaba?

Javier no podía evitar pensar en todo aquello que no hizo, que nunca vivió, por razones que hoy, le parecían pequeñas. ¿Dónde quedó ese caballero de aventuras que recorrería el mundo buscando horizontes nuevos, paisajes, lunas escondidas, universos que salvar? ¿Dónde están esos libros que ya habría escrito? ¿Dónde estaban los lugares exóticos que conocería al lado de su hermosa compañera?

¿Dónde quedaba su fe, cuando todo el Dios que se le presentaba, resultaba ser sólo un conjunto de dogmas sin fundamentos? A veces vivía una dicotomía difícil de entender.

Había escogido el camino correcto, lo sabía. Ahora era pilar de su comunidad, padre de familia, vivía la dicha de tener a su lado la mujer que amaba. Una mujer extraordinaria que por alguna razón que no comprendía del todo, le toleraba sus defectos y lo amaba. No podía estar más agradecido por ello.

Pero… a veces no era suficiente. Como si una parte de este Javier que era, se hubiera desnudado de sueños, por el sueño de tenerla. A veces en este ballet incesante, después de tantos años, Javier veía con aburrimiento su rutina.

Caminó, sin entenderlo, a diferentes pasos que su esposa. Quizás porque ella abandonó las letras y las lecturas por dedicarse a la crianza de las niñas, quizás porque creció en ella una necesidad absoluta de pertenecer a la iglesia y participar activamente en ella, a la par de las serias dudas de Javier en la fe que cada día se fortalecían más, quizás por las crisis económicas, o por la constante ambición de ella de siempre tener más.

Ella era una princesa, siempre lo había sido. Javier luchó toda su vida para darle todo lo mejor, pero a veces nada era suficiente. No se quejaba. Pero su mujer tenía esta manera muy particular de querer quedarse a cierta altura. Era a veces complicado seguirle el paso.

Había tardes como ésta que salía a fumar un cigarrillo al balcón de su oficina y garabateaba pensamientos en un viejo libro de notas.

Ella odiaba que él fumara. Seguramente acabaría dejándolo. También tenía que perder algunos kilos de más. Sin duda envejecía. Nunca realmente pensó en envejecer. Son cosas que a uno no se le ocurren cuando se es joven. Aunque tengas claros planes sobre tu vida. Aunque hayas logrado lo más importante para ti.

"Nunca estamos contentos" –escribió. ¿Dónde está el Demonio Iletrado? ¿Dónde quedó mi Roja? Tenía tanto miedo a la respuesta.

En cosa de nada cumpliría 35 años. Tomando en cuenta el promedio básico de vida de los varones, había llegado al menos a la mitad de su existencia. Vivía con la mujer de sus sueños. Tenía unas hijas perfectas, un buen trabajo, buenos amigos. ¿Y por qué algo faltaba?

Un entusiasmo, un algo...

EL CUADRO DE LA ROJA

Javier estaba tirado en el suelo, sangrando, con los ojos fijos en el cuadro de Clara. Clara, a su vez, parecía haber retornado un poco más a la realidad, estaba sentada en un banquito, mientras Jacobo, como lo haría con una niña chiquita, le acercaba una bolsita burbujeante con agua mineral y un popote.

-Toma esto, harbanita, te hará bien, para el susto. Te maltrató un poco este tarado, pero estarás bien, sobrevivirás.

-Estoy bien, Jacobo, en serio. No pasó nada. No tenías que golpearlo, fue un accidente –dijo Clara con mucha serenidad. Ya había recobrado su color. Se paró del banquito y se sentó de cuclillas al lado de Javier, quien, aún en shock por la visión de Chris, se había rendido a levantarse. Como animal de rastro que acepta su sanguinario destino, sólo permanecía tirado, sangrando, observando con tristeza el lienzo de la chica de rizos rojos.

Diferentes imágenes bailaron ante sus ojos. El día de su boda. Su doble Boda. Los Padres de Chris no podían venir a la capital, así que festejaron dos fiestas en dos ciudades diferentes. El día de la boda su novia usó dos vestidos distintos, uno de manga larga, otro de corta. No consiguieron espacio en el registro civil para casarse (era verano y todos los novios quieren casarse en esas fechas), ni en la ciudad donde vivían, ni en donde se festejó la fiesta de los padres de Chris, así que tuvieron que vivir la ceremonia civil en un pueblito a mitad del camino de ambos lugares. Una fiesta fue en la mañana, al medio día se casaron, la otra fiesta en la noche.

La ceremonia religiosa fue previa a la segunda fiesta. Los novios se la pasaron de peregrinos todo el día, cansadísmos, pero locos de felicidad.

"No hay nada más hermoso en una boda, que una pareja realmente enamorada", le dijo alguna vez alguien a Chris. En todo el proceso de los preparativos de la boda, ambos lo tuvieron presente, así que vivieron con diversión todos los pequeños obstáculos y problemas que enfrentaron desde que decidieron estar juntos. Tenían lo más importante: estaban locamente enamorados.

La imagen del día de su boda, dio paso al día de su primera pelea. No puede pensar en algo más tonto. Chris le pidió recoger algo, antes de llegar a casa y a él se le había olvidado, algo así. Nunca entendió del todo por qué un detalle tan absurdo pudo provocar problemas en el paraíso.

El pleito fue titánico, escandaloso, sufrieron ambos como idiotas y fue también entonces, dónde se escribieron ciertas reglas no dichas en su matrimonio. Las reglas de lo que debe hacer Javier cuando Chris se enoja –para no hacerla enojar, o en su defecto- para contentarla. Las reglas de lo que debe hacer Chris para que Javier no explote, -o si ya no hay remedio- que se le quite lo enfurruñado. La cadena de mando quedó establecida también en ese momento. Ella mandaba. Y él era feliz de que fuera así.

La siguiente imagen, fue el ultrasonido y la primera vez que escucharon el corazoncito de Sofi en la consulta con el doctor.

Luego la enfermera…

-Tuvo una bebé preciosa…

"¿Qué sería preciosa para ella?" -se preguntó aquella vez. Y antes de avisarle de la muerte del amor de su vida, pusieron en sus brazos a la bebé más preciosa que había visto: "Clara"

-Clara… -susurró Javier.

-Sí, aquí, estoy -contestó Clara mientras limpiaba un poco la sangre del labio de Javier.

-¡Clara! -repitió con sorpresa él, en el momento que regresó a la realidad.

Clara sonrió.

-Tenemos que dejar de encontrarnos de esa manera, o nos saldrá caro el huesero -bromeó Clara.

"¡Hey, chica, a mí no me veas! Javier siempre ha sabido hacer entradas espectaculares!" sonrió Chris, desde su lienzo.

Javier aún estaba confundido. ¿Se habría golpeado la cabeza? ¡Sin duda! Eso o se había vuelto loco.

-¿Tú has pintado ese cuadro? –le preguntó levantándose torpemente y caminando hacia él.

-Sí…

-¿De dónde sacaste esto?

-De repente ella hace eso, rufián. Le gusta lo abstracto. -gruñó Jacobo.

Javier parpadeó confundido. "¿Abstracto?" ¡Si éste era un retrato perfecto!

Chris, divertida desde el cuadro, con la misma coquetería pícara que la caracterizaba, le guiñó el ojo y le hizo seña de guardar silencio:

"¡Shhh!"

-Es algo que llevo una semana soñando. –contestó Clara- Yo… sueño mucho. A veces colores, pinceladas. sé que no tiene sentido, pero siempre significan algo, no sé, mensajes. Parecerá una locura, a veces estos trazos son retratos muy detallados de personas que sueño. La gente piensa que algo no funciona bien en mi cabeza. Es como si estos trazos blancos, con esos vivos rojos, se filtraran al sol, al viento, vivieran. ¿Me explico? ¿Tiene sentido para ti? No es nada quizás…

Javier se acercó al lienzo y con su mano acarició el rostro de su amada.

-Sí. Lo tiene, esos vivos rojos que se filtran al sol, al viento, viven.

Sonrió y Chris se desvaneció del cuadro, entre los trazos abstractos de las pinceladas blancas y del color rojo salvaje.

LA HERIDA

"Primero se borró de su piel... luego, -y eso tardo mucho más-
de su imaginación."

La frente de Clara aún tenía sangre fresca. Estaba consciente,
tenía un terrible golpe en la mejilla derecha, la nariz hinchada y dos
profundas incisiones en la frente, del lado derecho también, paralelas,
de alrededor de 5 centímetros cada una, terriblemente profundas.

No era que pudiera decirse que Clara era propensa a los
accidentes, pero algo en su naturaleza distraída la hacía acabar en la
sala de emergencias demasiadas veces. De niña también ocurría. Su
tendencia a practicar deporte y su gran agilidad no le evitaba hacerse
esguinces, o romperse los huesos, al contrario. De pequeña se quebró
varias veces los dedos jugando volleyball, un par de esguinces por la
bicicleta y los patines, el pie roto en alguna ocasión, la mano enyesada
tras una caída de una escalada de un árbol. La nariz de un pelotazo,
haciéndola de portero en un equipo de futbol.

Clara no era precisamente frágil. Y fue su falta de fragilidad lo
que la hacía temeraria y que acabara lastimada con más frecuencia. A
veces se sentía que podría comerse el mundo a mordidas y amaba la
adrenalina, ese disparo intenso de vida que siente el que está a punto
de saltar en paracaídas, o tirarse del bungee. Esta tendencia a la
aventura se peleaba constantemente con la imagen delicada que ella
proyectaba, casi dulce. Pero la dicotomía de Clara estaba bien
definida: si era movimiento; extremo, si era actividad "tranquila" casi
catatónica; abstraerse del mundo en las pinceladas o trazos.

Como sus dibujos, sus actividades físicas fueron evolucionando con el paso del tiempo, le gustaba practicar cosas nuevas, inventar diferentes maneras de establecerse los mismos caminos. Probó jugar Hockey, patinar y esquiar en agua y hielo, el slalon, el parapente y se lanzó un par de veces del paracaídas. Le gustaba escalar y estos retos maratonistas del famoso "iron man". Lo curioso es que jamás tuvo la disciplina necesaria para ser realmente una atleta. Le daba por correr, o por nadar, o por practicar bicicleta de montaña y lo hacía inconstante mezclado con otras mil actividades que la retaban. Su resultado es que tenía una perfecta condición, pero en realidad no lograba verdadera maestría, ni destacaba demasiado en nada…

Alcanzó la cinta marrón en HapkiDo y conseguía quebrar tablas con las patadas o los brazos, pero le faltó un examen para la negra y ya no le interesó. Entonces se envolvió en un proyecto de desarrollar un mural en un alto edificio de la zona oeste de la ciudad. Y perdió interés absoluto en moverse, podía pasarse semanas enteras, tirada en el suelo dibujando en enormes papeles que tapizaban toda su sala, casi sin comer, casi sin dormir, metida en sus trazos.

La salud de Clara era también, aún con sus omisiones, poderosa. La actividad física mantenía a su cuerpo en constante estado de alerta, aunque su cerebro estuviera divagante en algún mundo de colores paralelos. Eso, sin embargo, no evitaba sus constantes viajes al abismo, que dejaban cicatrices constantes aquí y allá, trofeos de vida en la blanca piel de la bella Clara.

-Esto dolerá un poco, procura no moverte. -dijo Eduardo sosteniendo con firmeza su cara mientras acercaba la jeringa al lugar de la herida. -¿Cómo te las ingenias para maltratarte de esta manera?

-¡No fue mi culpa, Eddy… los frenos de la bicicleta no sirvieron! -protestó Clara.

-Parece que quieres ponerme a prueba. ¿Cuántas veces me tocará curarte? Cuéntame cómo te hiciste esto, así te distraes en lo que te curo.

Clara hizo una mueca de dolor. La verdad es que dolía y mucho. Y por más que le gustara que Eddy mostrara preocupación por ella, esta no era, precisamente, una cita romántica. Este golpe había sido fuerte, más de lo que cualquier otro que recordaba y aún permanecía algo aturdida. Trató de encontrar las palabras adecuadas que no provocaran el comentario burlón de Eddy, o el tono paternalista que solía tener cuando le echaba discursos de los riesgos innecesarios y las terribles muertes que se esconden ante accidentes aparentemente "inofensivos".

Eduardo tenía una manera demasiado fatalista de cuidar a la gente que estimaba. Ese era uno de sus hábitos más molestos. Todo lo demás en su persona, a ojos de Clara, era simplemente fantástico.

Eddy era paramédico, un chico atlético, alto, de lindos ojos castaños y sonrisa discreta. Su pelo castaño lacio, un poco largo y alborotado le daba un aire, desaliñado que hacía ver al joven de 22 años como un rebelde sin causa.

Todo él, proyectaba una vibra de desenfado, de ligereza, se le percibía libre, feliz.

"Si Eddy fuera un objeto,"-pensaba Clara,- "sería algo así como un globo aerostático, o un papalote... de ser animal, hubiera sido de esas aves que se mantienen "su vuelo" extendiendo sus alas en contra del viento y dan esta idea de que están allí, flotando, simplemente fijos en medio del paisaje, como si estuvieran congelados en una fotografía."

Eduardo daba esta agradable apariencia de que el mundo no pesaba. No era que la vida le fuera sencilla, era simplemente que tenía una manera de vivirla como si no fuera importante. Ligera. Se enfrentaba a la muerte casi todos los días, en su trabajo de ambulancia y verlo en acción era asombroso.

Su transformación era parecida a la de Súperman: la misma apariencia física, pero algo sucedía en su interior porque de la sonrisa del niño tímido surgía el superhéroe que salvaba vidas. Ante un accidente o una emergencia, donde cualquiera se impresionaría por la sangre o los cuerpos inhertes, el chico callado se convertía en un líder con la autoridad suficiente como para revivir muertos. Salvaba vidas. Sí, eso era, Eddy tenía esa humilde madera de héroe que sólo se ve en las historietas.

Sin emergencias que atender, la mayoría del tiempo, Eddy era sólo un joven que no se tomaba a sí mismo demasiado en serio. Y por la misma razón, su compañía era maravillosa. No era muy hablador, pero escuchaba como pocos saben hacerlo y siempre que abría la boca era para decir algo exacto, puntual o increíblemente ingenioso. Contaba chistes bobos terribles. Irónicamente, Clara reía mucho con él.

Eduardo tenía una certificación de paramédico y estaba estudiando medicina. Combinaba su carrera con un trabajo que tenía en un servicio de ambulancias privadas de 7X24. Era vecino de Clara y normalmente era el que siempre acababa atendiendo los pequeños accidentes de la chica.

-Ileana me prestó su bicicleta. No me apetecía salir a correr, así que mientras ella hacía un poco de Jogging, decidí hacer el mismo recorrido en bicicleta. La cosa es... que tomé mucha velocidad, ¡AUCH! -a Clara se le salieron las lágrimas sin querer. Su umbral del dolor era altísimo, pero de verdad esto dolía y lo que fuera que le estaba inyectando en ese momento Eduardo se sentía como fuego.

-Anda, no chilles, que son sólo unos segundos en lo que se te anestesia. -bromeó Eddy, molestándola como lo haría un hermano mayor.

-¡Pues no interrumpas! –protestó Clara.- ¿Ves que Ileana vive en este fraccionamiento al lado del Club de Golf? Entonces, decidimos ir allí. La cosa es que el lugar está lleno de subidas y bajadas muy empinadas y...-

-¡Y ya se te olvidó cómo andar en bicicleta! ¡En serio Clara, cada vez que te subes a una, algo te pasa! Tú estás hecha para los patines. ¡Eres una Roller, admítelo de una vez por todas y me ahorrarás mucho trabajo!

-¡La vez pasada se me atravesó un perro! ¡No ibas a querer que lo atropellara! ¿verdad?

-Yo supe que lo que te hizo el esguince en el pie, no fue un perro, sino un poste!

-El poste no se me atravesó, al esquivar al perro...

-¡Se te atravesó el poste! -se rió Eddy. -De verdad, ¡me alegra que no tengas auto!- limpiaba con cuidado la profunda herida en la frente.

–Si querías verte como Harry Potter, te falló, porque con estas rajadas paralelas, más que una "Z", te quedara un signo de igual "=".

-¡Cóseme bien, que no quiero tener que usar fleco el resto de mi vida! ¡No me dejes como Frankestein!

-Anda, Frankie, sígueme contando. ¿Esta vez qué se le atravesó a tu bicicleta? ¿Una casa?

-Te digo que las subidas y bajadas son muy pronunciadas y de repente, tomé demasiada velocidad, probé los frenos, pero no sirvieron, entonces bajé un pie y sólo se desnivelo un poco la bici, bajé el otro y pasó lo mismo. Me he de haber visto "de caricatura", con las dos piernas estiradas, sobre una bici desbocada, a toda velocidad colina abajo. No tenía idea de cómo frenar, entonces me dije: ¿Dónde caigo en blandito?

-¡Ay, Clara! –movió la cabeza Eddy con tristeza y resignación.

-Vi un jardín de pasto mullido y me pareció buena opción, pero…

-…pero se te atravesó el pobre hombre en la escalera que estaba pintando el farol de su casa y el "camino" de piedras filosas, antes que el mullido pasto que amortiguaría tu caída.

Clara bajó la mirada avergonzada. Es verdad que sólo había visto el pasto. No se fijó en los obstáculos de enmedio. La loca carrera de la bicicleta había arrasado con la escalera, seguramente mandando por los aires al pobre cristiano que pintaba su farol. Clara había recibido su rajada paralela en la frente por la escalera y el golpe y los cortes en las mejillas y en la nariz, eran cortesía de las piedras filosas. En realidad, nunca llegó al famoso "pastito".

-El señor no se lastimó, ¿verdad?

-Tendrá suerte si no le da diabetes del susto. Pero, no, está bien. Logró pescarse del farol. Lo que yo no sé, es por qué haces esas cosas, en serio, Clara, ¡ya no eres una niña! Accidentes así, bobos, pueden acabar en tragedias.–gruñó Eddy, mientras le cosía la frente.

Clara alzó los ojos, con fastidio para molestar a Eddy. No tenía ganas de un sermón de seguridad e imprudencia. Ya no sentía tanto dolor, era como si su piel se hubiera vuelto de goma. Sólo lograba percibir jalones en donde seguramente entraba la aguja. Se sintió un poco mareada, así que prefirió callar. Observaba a Eddy concentrado haciendo su trabajo. ¡Qué guapo era!

-Allí estas, preciosa! ¡Como nueva! -sonrió triunfante Eddy.

La ayudó a sentarse, le dio un poco de agua y una pastilla.

-Toma, necesitas esto. –ella obedeció.

-¿Qué haría sin ti? –en respuesta, Eddy le acarició la cara con cariño y le dijo:

-¿Cuándo vas a empezar a poner más atención a tu alrededor, mi niña bonita? ¡Qué afán de que te convierta en Frankie! Aunque si te queda esta cicatriz, me consuela saber que siempre estaré cerca de ti. –y le dio un beso cariñoso en la mejilla.

Clara se estremeció. Y logro sentír cómo se sonrojaba.

"¿Y tú, cuándo te decidirás a darme un beso de verdad?" –pensó en voz alta Clara, mientras lo veía fijamente.

Estaban muy cerca. Eddy se apartó un poco, abrió mucho los ojos y la miró con sorpresa. Clara tardó en darse cuenta que había dicho eso. ¡Quería morirse!

Estaba demasiado asustada como para interpretar su expresión. ¿Le destrozaría el corazón diciéndole que él jamás sentiría algo más por ella? Eddy la miró con mucha ternura y sonrió. O... ¿Sería posible? Por un instante soñó que –por fin- él la besaría. Pero sonó el teléfono en ese momento y Eddy se levantó a contestar.

LA LEONA

-Siempre tienes algo que decir.

-Soy una leona. –sonrió Chris.

-Es un concepto completamente machista y presuntuoso. -afirmó Javier.

-No puedes evitarlo. Tú eres maravillosamente machista y presuntuoso. - rió Chris y lo besó. Los besos de Chris eran como el universo. No tenían ni principio ni fin y no había manera de adivinar cuánta magia, vida e historia se encontraba Javier cuando acudía a ellos.

-Siempre te gusté, admítelo. -arriesgó fanfarrón Javier.

-Anda, ¡sigue caminando en la cuerda floja, en una de esas te caes sin red! - ella le apretó con fuerza el brazo.

Chris no era del todo soberbia, se sabía hermosa y conocía sin titubeos lo que su belleza provocaba en los hombres, pero para ella era evidente que Javier siempre le gustó mucho más de lo quisiera admitir. (Si había tardado en aceptarlo era más por culpa de él que por causa de ella.) Imaginaba que si se tratara de sonidos, en el momento en que se conocieron se convirtieron, simplemente, en notas musicales, en la misma frecuencia, tonada, volumen, instrumento e intensidad, las partes perfectas de una sinfonía y ambos tenían la misma extrema necesidad mutua de ser del otro para estar completos.

Desde la primera mirada, ella le pertenecía. Y Chris siempre lo supo. Como buena mujer, pudo disimularlo. Javier, como buen hombre, tardó demasiado en darse cuenta.

Él fue el que metió la pata. Abrumado por historias pasadas -igual que Romeo al conocer a Julieta- tuvo la torpeza de hablarle a Chris de un amor torturado por su ex, la cual, según el torpe de Javier, aún era poseedora absoluta de todo su corazón.

Así que el mismo día que se conocieron, a pesar de la visible atracción que se produjo, él comenzó a hablarle de otra chica. En el libro de Chris y su ego y soberbia de mujer única, eso le había borrado a Javier cualquier oportunidad de romance. Y así fue por un buen rato. ¡Qué tonto había sido! ¡Tanto tiempo perdido!

-Yo no tengo empacho en admitirlo, me volviste loco desde el primer momento. Jamás negué la magnitud de lo que siento y lo que me provocas, ibas más allá de fascinarme, más allá de lo que sé explicarte, más profundo que el deseo de la piel o la necesidad del corazón ... Chris, tú... siempre fuiste una convicción.

Ella sonrió. Cuando Javier le decía esas cosas se estremecía. Sus palabras tenían en ella el mismo efecto que sus labios en la piel o su mirada en sus ojos, cada instante que pasaban juntos, era como habitar un mundo donde sólo ellos existían. El amor había arrasado con todos sus sentidos desde hace mucho.

-¡Qué va! ¡No te hagas! ¡Tú estabas enamorado de Leticia! –se burló Chris.

-Leticia, ¿Qué Leticia?

-¡Anda¡ ¡Hazte el loco, que te queda bien! ¿La chica por la que suspirabas cuando nos conocimos? ¿Te suena?

Javier la recorrió con la mirada una vez más. Había escuchado que las obras del arte se cuelan en el alma. Que puede suceder si te colocas frente a obras como la carreta de Toulouse, o el David de Miguel Ángel, que una parte de ti se transporte a otro lugar, como un sublime vértigo, tu ser se eleve a dimensiones desconocidas.

Le habían dicho que en esa pequeña pintura en medio de la enorme sala de Louvre, se percibía a la Mona Lisa asomándose a una ventana y para una persona sensible, era evidente que esta traviesa te espiaba sin importar dónde te colocaras, desde otra realidad. Había escuchado que existían personas que ante el Nacimiento de Venus de Botticeli, hervían, sublimaban una transformación etérea, renovando su alma.

No era que Javier no apreciara el arte, al contrario, él era, de ser posible, una de las personas más sensibles para apreciar todas las manifestaciones creativas del ser humano. Su alma tenía esta vena torturada que tienen algunos, cuya miseria consiste en apreciar la verdadera esencia de las cosas, buenas y malas, sublimes y obtusas. Aún así, nada que hubiera visto o leído hasta ese punto en su historia, había logrado sobrecoger su espíritu como la visión de su alma gemela a media luz. Hubiera podido sólo observarla por horas, la desnudez de la espalda de Chris, la trayectoria perfecta de sus lunas y pecas que culminaba escondiendo sus pudores en la sábana, donde, se asomaba, coqueto, el sacro de la mujer que amaba, como umbral del paraíso.

Javier no contestó ya a las bromas, se había perdido en ella. La miraba como quien admira y cuela en sus venas la perfección de una pintura. Parecía querer memorizar cada instante de esa suave piel aterciopelada, con todos sus detalles, con todas esas imperfecciones que la divinizaban.

Sus manos siguieron su mirada y antes de que estuviera consciente; sus brazos la levantaron hacia él. Fue entonces que el universo entero hizo pausa, porque los ángeles comenzaron a envidiar al ser humano completo que ellos eran, en sólo uno.

Tras el canto de sus cuerpos y ese paraje del amor del que jamás se sale ileso, pasaron horas observándose. Javier recorría el rostro de Chris, como delimitando y definiendo su perfil. Chris sólo lo miraba, no podía imaginar algún momento más perfecto que ese, mientras desnudos, se perdían en los ojos del otro.

- Así que, ¿enamorado de otra, Srita. Roja?

-¡Shhh! No lo arruines: ¡El león es rey, porque mantiene a la leona contenta!

Javier la calló con un beso y el mundo y todo el universo con ellos, empezó de nuevo a mecerse.

LA CERVEZA

-¡Es asombroso! -dijo Javier admirando cada pincelada en el lienzo, los blancos, los rizos rojos.

Clara sonrió.

-Gracias, bueno... no todo mundo opina igual... -dijo notablemente apenada. Jacobo se había quedado en la plaza. Javier y Clara estaban sentados en la café-librería que los había "presentado". Había llevado consigo el atril y tenderete de Clara y estaban ahora sentados como dos viejos amigos.

Los dos estaban nerviosos. Muy nerviosos. Tras el incidente le había salido natural a Javier invitarla a tomar algo por allí cerca. Ni siquiera lo había pensado demasiado. Tenía la primera tarde libre en mucho tiempo. Sus hijas lo habían cortado intencionalmente de sus planes, lo que era raro, porque normalmente la familia necesitaba disfrutar su fin de semana muy unida, se sentía más obligatorio, desde que Chris había muerto. El ritual de los sábados y los domingos era casi religioso.

Invitarle un refresco o algo se había colado como un paso natural y sin consecuencias. Pero ahora, que la adrenalina del encuentro se había tranquilizado un poco, otro tipo de vértigo se apoderaba de los dos y Javier, extremadamente inquieto y con la mente corriendo a mil por hora, se reprochaba haberse aventado al vacío sin pensarlo demasiado.

¿Era esto una cita? La sola idea lo mareaba. No podía pensar claramente. En realidad, se repetía a sí mismo, sólo quería averiguar un poco de ella, esta chica le daba mucha curiosidad. ¿De dónde había sacado la idea de dibujar una Chris "surrealista"? Ya era algo viejo para creer en las casualidades, pero también vivía convencido que, como los lobos o los palomos, su pareja sería Chris, toda la vida y más allá de ella.

Toda la situación era bizarra, pero por primera vez, desde que Chris se había ido, se sentía extrañamente atraído a una sonrisa que no fuera la de sus hijas o la de su amada en la memoria.

-Encuentro eso difícil de creer. -le dijo Javier en lo que la observaba con un poco más de cuidado. Clara era bonita. Tenía una chispa especial. Piel blanca, nariz respingada, amplia frente, ojos grandes y mirada tierna. Su piel no era perfecta, tenía una cicatriz arriba de su ceja derecha, parecía un pequeño signo de igual y cuando sonreía se le hacía un gracioso hoyuelo del lado derecho, pero esos detalles, lejos de hacerla ver fea, le daban una especie de atractivo especial a su rostro. Como si la presencia de esas pequeñas marcas (a juzgar por como lucían, seguro de nacimiento, o algún pequeño accidente que sufrió de niña), contaran otra historia muy diferente a la que hoy le narraban esos chispeantes ojos.

-Bueno, no soy exactamente la mejor para "conectarme" con la mayoría de la gente. -explicó Clara-. En realidad, el estar aquí, contigo, no sé si lo notas, es un poco raro.

-Sí. Lo es. Aunque no lo creas, tampoco es común para mí. ¡No suelo ir por la vida atropellando a las personas con mi skate para invitarles una cerveza!

Clara rió.

–Suena a que es una manera demasiado riesgosa para mantener activa tu vida social.

Les trajeron un par de cervezas y dejaron algunos cacahuates y chicharrines en la mesa, como botana. Javier le sirvió la suya a Clara y brindó con ella.

-¡Salud!

-¡Por Eddy! -se sorprendió mencionando un nombre que no decía desde hace ya muchos años- ¿Y tú?

-Por Chris. –contestó Javier, también sorprendido con él mismo.

Ni Javier ni Clara tenían idea de lo que significaban estos nombres, pero ambos lo sintieron. Fue como las reglas no dichas entre dos niños que comienzan a jugar a los piratas. Si hay dos palos, serán espadas, no cualquier otra cosa. Y las espadas servirán para batirse en duelo.

De la misma forma, sin entenderlo realmente, Javier y Clara habían entrado en un mundo donde no era necesario explicar quién era Eduardo, o quién era Chris, ni todas las razones por las que un corazón doliente y roto no sabe soltar a alguien que ama, aunque esta persona ya no exista en esa realidad.

-¡Por el placer de encontrarte de nuevo, Clara!

-¡Salud! –sonrió ella, cristalina.

Probaron la cerveza helada que en ese calor, resultaba ser exactamente lo que ellos necesitaban. Javier y Clara se relajaron un poco, quizás fueron las emociones del día, quizás fue el sorbo de alcohol en el organismo, pero lo cierto es que ambos dejaron de estarle gritando a su subconsciente que debían estar en cualquier otro lugar, menos allí.

-Cuéntame la historia de ese cuadro. –miró el óleo de nuevo Javier. Lo hacía con prudencia. No estaba seguro si Chris volvería a aparecerse y no deseaba que Chris estuviera presente allí, con Clara sentada tan cerca de él. Por una vez, desde que la había conocido, quería tomarse una cerveza sin que todo lo que él era, volara hacia ella, en mente, alma, cuerpo y pensamiento. Por primera vez en más de 20 años, Javier deseó ser sólo un hombre que se toma una cerveza con una linda chica que acaba de conocer y experimentar el vértigo así, sin el castigo y la culpa de su memoria.

Clara le habló de sus sueños. Le contó de sus aventuras infantiles con las crayolas y el terrible intento para equilibrar su "habilidad" con el rechazo que esta vida especial provocaba en los otros niños. Hace mucho tiempo que Clara no hablaba tanto. Hace más tiempo aún que Javier no escuchaba con tanta atención a alguien.

LA DESPEDIDA

-¡Es un concepto sencillo! –exclamó Clara.- ¡Ah! ¡Cómo eres terco!

-Me extraña que tú entres en esos estereotipos Clara. ¡De verdad, no encaja con todo lo que tú eres!

Si había algo que le molestaba a Clara, más que caminar en zapatos de un número menor, era la idea de tener que "encajar" en algún molde determinado. En realidad no era que quisiera sentirse especial, si no que había tenido que aprender a llevar sus diferencias a cuestas y aprenderlas a usar como escudo y en algunas ocasiones, hasta como arma. En el mundo de Clara, ser diferente no era sólo un requisito, era cuestión de supervivencia. Claro que había en juego algo de ego, pero era más una cuestión instintiva. Que fuera él quien la retaba así, le incomodaba todavía más.

-Ese concepto posesivo de ser parte de "sus cosas". ¡Brrr! ¡Intolerable!

-No entiendes nada… No es pertenecerle como ser propiedad de alguien, como un objeto, es como pertenecer a una comunidad, o una familia, o un grupo de amigos, tú perteneces al corazón que habitas, no sé si me explico, es el hogar, donde perteneces, el lugar a donde habita tu corazón al que vuelas antes de morir; a casa, mira, de niña…

Y entonces la voz de Clara desapareció. Como todo lo que él era. Ya no la veía. Escuchaba ¿crujidos? Un calor sofocante, de nuevo estaba allí. Clara, en traje de baño, quitándose el pareo para tirarse un clavado. Su figura graciosa, como cervatillo alebrestado. Clara a él siempre le daba la sensación de ir corriendo torpemente por todos lados, como un venadito intentando equilibrar su movimiento por primera vez. Ella le parecía adorable. Como un bambi torpe, recién nacido.

-¿No nadarás conmigo? No sé cómo aguantas ese sol, te arderá la piel. —ríe Clara mientras le avienta agua.

-¡Ah... guerra de agua! No sabe con quien se mete señorita! –y Eddy se tira a la alberca y nada hacia ella. Los dos ríen. Él agarra impulso, la toma de la cintura y la avienta lejos. Clara se hunde pataleando y riendo. Se acerca a él, le tira agua, se miran a los ojos, están demasiado cerca, cuando paran de reír, se acercan más y... "Debi besarla" - piensa Eddy cuando escucha la explosión y entonces, la nada.

Clara ha dejado de ver colores. Todo es negro. No existen grises. No llora. No puede llorar. Está enojada. Es como si estuviera en un cuadro oscurantista. No hay matices, no hay texturas, no hay nada. Un gran vacío traspasa su piel.

No ha sido necesario incinerarlo. Eddy se saltó varios pasos. Desapareció. No hay nada físico a lo cual llorarle. No quedaron restos. La explosión prácticamente borró su existencia. ¿Cómo pudo ser?

"El héroe Eddy" –repitió con rencor Clara en su cabeza- "¿Quién te dio permiso a irte así?"

-Debo irme.

-¿Tienes que irte? ¿Ahora? –después de haber dicho involuntariamente que deseaba ser besada, Clara esperaba cualquier reacción, rechazo, alegría, enojo, todo, menos que huyera dejando en el aire la sospecha del "probable beso".

-¡Vete de una buena vez, Eduardo. -le dijo Clara reprimiendo su decepción.

-Espera, Clara, yo…

-Eduardo hay un llamado, se trata de un incendio. ¡Tenemos que irnos! -entró apresurado al cuarto su compañero paramédico.

-Hablaremos, ¿ok? Ahora debo irme. -tomó con ternura el rostro de Clara, e intentó besar su mejilla. Clara echó para atrás su rostro, Eddy insistió el movimiento y ella también, varias veces, hasta que acabó siendo tan ridículo que los dos rieron y acabó plantándole el beso en la nariz.

-¡Eres un estúpido, Eddy!

-¡Así me quieres! Hablaremos. ¡Te llamo al rato! –y Eddy se fue alegremente a salvar vidas y morir.

"Eres un estúpido, Eddy, ¡un estúpido héroe muerto!" pensó con furia Clara, mirando sin mirar el altar que sustituía simbólicamente al féretro y las cenizas.

EL MAR Y SUS AZULEJOS DE VIENTO

Ella amaba el mar, pero lo habitaba poco. Tenía un pequeño ritual, desde la primera vez que lo escuchó entre las supersticiones para festejar año nuevo. Siempre que podía, al menos una vez al año y de ser posible a finales, se escapaba al menos un día al mar armada con flores de 3 colores. Entraba al oceano despeinado y frío y a su manera, tenía una conversación con los elementos. Hacía las paces con los daños pasados, soltaba y recibía, perdonaba y pedía. Dejaba ir lo que no le pertenecía y se mostraba receptiva a lo que viniera.

Esos "baños de mar" eran intensos. Normalmente la agotaban. La dejaban con piel nueva, pero muchas veces el proceso dolía. A lo largo de los siguientes días, se hacía evidente "la limpieza", Clara se encontraba dejando a un lado pequeñas obsesiones o apegos que venía cargando. Dejaba de pensar y acosarse por la intención de los fracasos y se vestía con su aprendizaje. Lo más difícil de soltar eran los dolores. Sorprendentemente, era lo que más extrañaba tras ese proceso. La intensidad de sentir, aunque fuera dolor.

La superstición era que a lo largo del viaje cotidiano, Clara se "cargaba" con cosas que no le pertenecían. Su extrema empatía no siempre era buena consejera, pero tenía una razón espiritual más que sicológica. Ella tenía abierto un canal de percepción que pocos tienen. Eso modulaba su intensidad a otros niveles. Sus conexiones con otras personas, su relación con la vida, rara vez era superficial. Como un perrito que pasa por un lugar repleto de pulgas y liendres y acaba infestado. Clara "pescaba" cosas que no le pertenecían, sensaciones con las que cargaba hasta que se las ingeniaba para soltarlas.

Ella era el equivalente espiritual a una hija de la naturaleza pagana. Vivía muy conectada a la energía del entorno. De no haber tenido prejuicios con fumar hierba, seguramente lo hubiera hecho, porque congeniaba en eso y mil cosas más con ellos.

-¿Cómo sabes cuando amas a alguien? –le preguntó alguna vez Clara a su amigo Jacobo.

-Para mí… fue cuando ella me hizo sentir lo mismo que el viento. Pero imagino que es diferente para cada quién.

Clara pensó en lo que sentía por el viento. Y el viento la llevó a la marea y a la manera en que las olas la liberaban del dolor, la hacían imaginar que era libre. Saber que el mar se llevaba todo lo que no le pertenecía y le dejaba la ilusión de que todo, de nuevo, estaría bien.

Clara no sabía definir del todo al amor. El suyo siempre la llevaba al tonto héroe muerto, cuyo abandono/muerte no acababa de perdonar. El tonto Eduardo, que jamás tuvo la delicadeza de crear para ella un puente entre el suspiro y el beso.

Nadie sale ileso de esos grandes amores que nunca ocurrieron y Clara no era la excepción. Pero Eddy se había evaporado ya hace algunos años y ella había seguido con su vida.

No se trataba de que ella no hubiera tenido pareja después, pero, al parecer, la única vez que se quiso aventar por un acantilado, era por el héroe que sin duda la hubiera cachado a salvo, protegiendo su corazón. Nunca supo si lo amaba en verdad, pero era lo más cercano que había sentido a volar.

"El viento" -reflexionó Clara, pensando en la brisa del mar.

Imaginando el vuelo de la bicicleta aquella vez... la adrenalina. Se preguntó si por Eddy sentía "viento".

"¿Qué siento por el viento?" –Clara repasó los momentos de alegría extrema que el viento le ha proporcionado en diferentes momentos de su vida.

El primer recuerdo que tiene de él es esa gran loma verde y ella con su padre corriendo para volar un papalote. El viento como ese elemento mágico, con quien hay que correr para que nuestra cometa jugueteé entre las nubes. Recuerda la adrenalina, el reto, el vértigo, la extrema emoción, el estar dispuesta a correr con todo lo que ella era con tal de lograr que se elevara el papalote. Recuerda a su padre. Lo segura y feliz que ella estaba junto a él.

Quizás eso era el amor: Adrenalina, reto, vértigo, emoción, esa sensación de que eres capaz de hacer todo o más, el comerse el mundo a mordidas.

"El viento" -reiteró Clara en su cabeza.

Y la imagen a la que voló esta vez la bella chica, fue a sus 9 o 10 años, la primera vez que se subió a aquel juego de feria que simulaba una caída libre; unos años más tarde, ella manejando su viejo coche en la carretera y la agradable sensación de la velocidad peinando su cabello. El recuerdo de los molinos de viento de las carreteras alemanas...

El vuelo de la bicicleta, la pequeña y graciosa cicatriz arriba de la frente, aquella que le recuerda todos los días las hábiles manos de él acariciándole su cabeza... Eddy, el último día de su vida; cosiéndole la frente.

Clara amaba su cicatriz y cada vez que la miraba en el espejo, sentía que era el único rincón del planeta donde Eduardo aún existía. La cicatrización de Clara era excelente, así que los años le iban desapareciendo la herida que se abrió aquella mañana en su accidente bicicletero.

Quizás sí lo amaba. Ya nunca lo sabría. ¡Estúpido, estúpido héroe Eddy!

-¿En serio? –se burló de Jacobo- ¿Tu amor es como el viento, a donde gire la veleta?

Jacobo se rió.

-Algo así, harbanita. ¡Te salvas porque eres familia! –y la abrazó.

Clara sabía salvarse de todos los tiburones como Jacobo, de los lobos feroces tipo Raúl, o los perritos fieles de algunos otros pretendientes/amigos que le surgían por allí... y aún así, siempre cargaba con ese extraño vacío de la nostalgia de ese amor que nunca fue.

Sí, Clara amaba el mar. Las olas salvajes le recordaban lo infinito y poderoso de lo que va más allá de ella, el frío, la arena que vibraba, todas las historias, lo inmensidad de la vida y muerte de un mundo ajeno, oscuro y luminoso, lleno de misterios y simpleza, llevándose simbólicamente lo que sobra, purificando el alma en un rito pagano tan simple como bañarse en el agua salada.

Clara meditaba un poco entre las olas y soltaba. Después se sentía agotada y feliz, como cuando acabas un maratón y tu cuerpo se siente exhausto, pero ya sin todas las toxinas, purificado.

EL ENTIERRO

Javier mira el ataúd. Ella estaba hermosa. Casi angelical, casi demoníaca. Era increíble que aún latiera su corazón. ¿Para qué seguía vivo sin ella? ¿Y de aquí, qué seguía? Su cabeza era simplemente un torbellino. ¿Cómo le dices adiós al amor de tu vida, a la madre de tus hijos, a tu fiel compañera y amada esposa? ¿Cómo sigues adelante en tu vida cotidiana, sin ella?

Chris, con sus hermosos rizos fuego está apoyada en el ataúd mirando su frío interior.

-Es muy raro, ¿verdad? Realmente me morí. ¿Qué demonios estaba pensando? -murmuró reflexiva.- Yo creí que estas cosas no podían pasarnos a nosotros.

Chris jamás gritaba. No lo necesitó nunca. Tenía una gran autoridad. Cuando daba clases, callaba el barullo de sus alumnos sólo parándose frente a ellos y mirándolos. Algo en su silueta frágil inspiraba respeto y hacia que la gente la obedeciera.

Si se enojaba bajaba la voz, hasta casi el grado que era imperceptible su susurro grave, imposible de ignorar. Javier parpadeó confuso. Estaba solo en la pequeña sala velatoria con el ataúd. Su hermana se había quedado con las niñas y la bebé y aún no empezaban a desfilar todos los familiares y amigos, dolientes que irían a decirle lo que él ya sabía: que Chris había sido una persona sensacional y que tenía que ser fuerte y no derrumbarse, por sus hijas. Pero, aún allí, embargado de dolor, no acababa de procesar todo lo ocurrido.

Ese día había amanecido en sus brazos y ella había empezado con las contracciones. Todo había sucedido tan rápido... Un nuevo y perfecto ser, su pequeña Clara habitaba ahora su mundo y Chris se había ido. Lo imposible; un mundo sin ella para el resto de sus días.

Y sin embargo, allí estaba, la esbelta y pequeña figura de Chris asomada al cristal del ataúd. Javier no sabría decir quién era más hermosa. Si esa princesa manchada de eternidad, o aquella alucinación llena de vida, cuestionando y maravillándose hasta de la muerte.

-Te tocará hacerte cargo, no las mimes demasiado. -le dijo Chris a un Javier lleno de lágrimas que sólo quería abrazarla-. No será tan malo, Demonio, tuvimos unos buenos años y quizás, volveremos a encontrarnos.

Chris, la Chris real permanecía pálida y hermosa tras ese cristal.

-Si el mundo fuera lo que debe ser, Roja, el beso del verdadero amor te despertaría ahora -murmuró con rabia reprimida y reproche-. ¿Tenías que irte? ¿Ahora cómo sostengo el mundo y vivo el universo sin ti a mi lado?

-No seas tan melodramático. Solo morí, pero les pasa a todos, ¿quién puede decir que aún vivo no está realmente muerto? Yo sólo seré un poco más sincera al respecto. No me iré a ningún lado. Además, siempre criticaste la simpleza de las fórmulas de todos los cuentos de hadas, ¿recuerdas? Solías decirme que eran una manera de contar situaciones complejas a mentes simples, no te cansabas de repetir que muchos de esos cuentos con sus metáforas era un poco una burla a la verdadera inteligencia de un niño, por inocente que esta sea.

Javier no sentía ánimos de enzarzarse en esas discusiones eternas que a veces lo viciaban tanto. Encontraba ahora, que ya todas esas pequeñas cosas que le molestaban no existirían más. Descubrió, con sorpresa, que aún lo que odiaba de ella, era parte de ese amor que hoy taladraba sus entrañas de una manera intolerable.

Javier sentía que se movía en un laberinto oscuro y empinado dirigido a ninguna parte.

-Esto no debía pasar y lo sabes. Esto no debía pasar. –le dijo bañado en lágrimas a la Chris sentada al lado del ataúd.

- Lo sé… dime, las flores, ¿las escogiste tú?-

-¿En serio te vas a preocupar por las flores? ¡Es tu funeral! ¡Te moriste! ¡Maldita sea, Roja, esto no es una broma! Me abandonaste a mí y a tus hijas. ¡¡¡Clarita no tiene ni un día de nacida y ya no tiene a su mamá!!! ¡Y tú preocupándote por las flores!

-Ay, Javier, como siempre, no te fijas en la importancia de los detalles, ¿qué harías sin mí? ¡Estarías perdido! –contestó alegremente Chris, en lo que acomodaba unos crisantemos en los pies del féretro.

Exasperado, con muchísimo dolor, sollozó.

–Lo estoy, Chris, lo estoy. ¡Completamente perdido!

-Las primeras flores que me regalaste, no fueron rosas. ¿Recuerdas? Siempre te pareció incómodo seguir los convencionalismos. La ironía es que seguir esas mismas reglas es lo que te hace ser quien eres. Sobrevivirás, Demonio, te lo prometo y yo te esperaré.

"Tres flores amarillas, por el pensamiento, tres flores blancas, por el espíritu y tres flores rojas por el amor…" –canturreó burlona Chris. - Estaban entrelazadas en un ramo sencillo, con hierbas, nubes blancas y helecho. Eran 9 flores y me las diste como una promesa. ¿Recuerdas la promesa?

- ¡Siempre!

- Y el tiempo no existe. –sonrió la Roja.

Javier bajó la vista y miró sus zapatos. Por alguna razón, en ese mismo instante los odió con toda su alma, sus zapatos, su ropa, su cuerpo, ¡todo era obstáculo para tocarla! Sólo deseó ser inmaterial e ir a alcanzarla, a donde quiera que ella se hubiera ido, él la encontraría.

-¿Y ahora no se te pudo ocurrir volver a traerme un ramo igual? Debes reconocer que sería lindo de tu parte ofrecerme una despedida semejante.

-Todo está mal. No deberías irte. ¡No tenías derecho! – tembló con furia Javier.

- Lo sé. –contestó triste Chris. -¿Quién iba a decirlo, eh? Nunca lo imaginamos... ¡Hey! ¡Quita esa cara que pronto llegarán los invitados! A ver si no son demasiados, sabes que me agobia demasiada gente.

Javier sonrió recordando los ataques de pánico que sufría Chris. Era tan perfecta todo el tiempo, que debía tener alguna válvula de escape para su estrés. Chris a veces no podía tolerar el contacto con las personas y deseaba aislarse de los eventos sociales.

-De este no podrás escaparte. -bromeó con tristeza, Javier– A ver si el ataque de pánico te despierta y dejamos de tener este mal sueño.

Chris se acercó a Javier. Con su delicada mano acarició su rostro.

-No estés triste, no estaba hecha para envejecer. Ahora seré eterna... ¡Te amo!

Y se desapareció justo a tiempo, ante las pisadas lentas de los primeros visitantes en el cuarto.

"Estarás bien, cuídalas mucho, amor mío. Volveremos a encontrarnos". –susurró al oído una brisa fresca.

La Roja ya sólo estaba en su ataúd y eso era algo bueno, porque a Javier nunca le había gustado que ella lo viera derrumbarse y se había llevado con ella, todos sus colores.

CONFESIONES A UN FANTASMA IMAGINARIO

-Disculpa, he debido pensar que has regresado...

-No puedes continuar así. -dijo él con tristeza. Te he visto de nuevo contando las estrellas, dibujando en el lienzo nubes de tormenta. Pero hoy hubo algo nuevo. ¿Rizos rojos? –preguntó él burlonamente.

Clara alzó la cara como venadito asustado. Eddy siempre la leía. Desde que su ridículo heroísmo lo transformó en fantasma, acompañaba a Clara en los momentos más inesperados. Normalmente aparecía cuando la memoria y el corazón de Clara dejaban de pensarlo. Era quizás el cruel recordatorio de ese futuro que dejó de escribirse por despertar del sueño equivocado. En este caso, de la vida.

-Los rizos rojos me tomaron por sorpresa. -se sonrojó Clara. Ed sonrió con complicidad.

-¿Y no piensas contarme?

-No hay nada que contar. Estaba en la callejuela de los artistas de siempre, pintando algo de color rojo.

-¿Y por qué rojo?

-Ella me pareció importante, debía pintarla.

-¿Ella? –preguntó Eddy. En los últimos tiempos, Clara solía tomar un papel de niña chiquita cuando intentaba explicarle las cosas a Eddy. Eso no sucedía en vida de él, pero ahora sí. Quizás porque Clara sabía que el Eddy vivo era otra persona y este Eddy que se le aparecía en sueños o en momentos inesperados, era ella misma, un truco cruel de su subconsciente de torturarla por su soledad.

Habría que preguntarnos qué opinión tendría de Clara un psicólogo. ¿Cuál sería el diagnóstico si sintiera la tinta vibrante y roja que utilizaba para darle vida a sus creaciones? ¿Qué diría un terapeuta de estas regresiones infantiles, donde su amado "noviecito" muerto aparecía para mostrarse celoso de un presente, también dudoso?Pero Clara no creía que la psicología fuera la respuesta para enfrentar la muerte de Eddy o su vida o el duelo o lo que quiera que le pasaba, así fuera que un completo desconocido se impactara sobre ella sin previo aviso.

-Ella -afirmó Clara.

-Has debido pensar que es importante.

-Creo que lo es.

-¿Quién es? ¿La has visto antes?

-Sólo en sueños... creo. Ni siquiera sé si existe en realidad. ¡Son sólo trazos rojos! No leas más allá de lo que es...

-Trazos rojos, cielos azules, paisajes verdes. ¿Por qué alguno debería tener más realidad –o importancia- que los otros?

Clara bajó la vista. De repente ya no deseaba hablar. La Roja era importante. Sabía que lo era. Era importante porque por alguna razón, ella tuvo que pintarla. Y eso la había hecho conocerlo. La Roja era importante porque gracias a ella, Javier había chocado con Clara. Pero eso no era algo confesable. No se lo podía decir a Eddy. No son confesiones que le haces a alguien que amas, aunque sólo sea un fantasma imaginario.

EL PRIMER PLEITO

Javier miraba fijamente a Clara. Se perdía en su cabello liso y castaño. Le parecía que volaba en su rostro con una libertad casi ofensiva a la realidad. Se sorprendió sonriéndole a ese cabello litigante al cual los movimientos cotidianos de Clara lo hacían parecer unas dunas de desierto peinadas por el paso del tiempo.

Clara le contaba "cosas". Ráfagas de imágenes, de vértigo, premoniciones. Dibujaba colores en las sensaciones y sonidos en las tardes soleadas. Estaba nerviosa, muy nerviosa. Javier también lo hubiera estado, si no estuviera tan metido en los movimientos de Clara. Le parecía, por momentos estar observando a un caballo desbocado en una cristalería.

Era un poco torpe y sus movimientos nerviosos recordaban un poco a un cervatillo asustado o más bien a un conejo inquieto buscando su madriguera o un sitio seguro dónde agazaparse.

-Qué sucede? –le dijo Javier poniendo su mano tranquilizadora sobre la mano de Clara. Él tenía la cualidad de calmarla. Ella podía estar en la máxima desesperación y una mirada y la sonrisa firme de él, lo hacía sentir segura.

-Tengo que irme. No debería estar aquí. –bajó la mirada– Esto no está bien.

Javier sabía que cada palabra de Clara tenía razón de ser. Aunque no podría explicarlo con una razón lógica. Sí, Clara debía irse, no podría ser de otra manera, debía irse y olvidar su sonrisa, obviar cómo su mirada le hacía perderse en dominios olvidados. Tenía que irse lejos y jamás sentir el vértigo que provocaba la cercanía en su piel... tanto tiempo de alma dormida. Era raro sentir serle infiel a Chris, después de tantos años.

Clara se levantó para irse, acosada por una poderosa marea roja.

-Por favor, no te vayas, no todavía. -Como el venado que ve las luces inminentes de la carretera y queda paralizado frente al autobús, Clara se detuvo. Javier no pudo resistirlo. La atrajo hacia él de manera automática. Sin aviso atacó sus labios, con tanta pasión que creyó poder morir en ellos, sus manos levantaron a la chica por la cintura y la acercaron a él. Hace millones de años que no se amaban, hace un instante, nunca lo habían hecho hasta ese día y no existía un minuto menos del comienzo de su existencia ante ese beso. Era desesperado, agónico, imperativo, absoluto, atemporal. Y... fue tan breve.

Clara respondió por unos segundos de paraíso y luego se separó con los ojos muy abiertos, lo miró desarmada y literalmente corrió. Javier se quedó paralizado. De todas las reacciones, jamás vio venir esta.

-¿Qué esperabas? -se burló Chris de la mesa contigua- Ni siquiera tú estás listo para esto. Nosotras tenemos un radar para este tipo de cosas, Demonio. Ella no es como la golfa que escondías de las niñas en lugares prohibidos... curiosamente, con ella no tuviste empacho de revolcarte. Chris torció la mueca, más burlona y despectiva que celosa. Te concedo que no era fea y me imagino que puedo entender que te gustara su cuerpo... pero ella, Clara... ella no es sexo, tonto. No sólo eso.Javier miró todavía aturdido a su mujer. Algo estaba muy mal si seguía viendo a Chris en todos lados. Tenía que terminar con Clara, antes de que algo más pasara.

DESDE SUS TRAZOS ROJOS

Eddy tardó en comprender qué pasaba. Sólo alcanzó a escuchar una detonación. Y después, no recordaba más. Abrió los ojos y miró unos bellos ojos verdes, verdes, que destelleaban.

-¡Anda, flojonazo, que nos vamos a divertir! –dijo la voz juguetona sacudiéndolo un poco.

-¿Qué... qué ha pasado? ¿el incendio...?

-Estás confundido. Eso pasó hace siglos. Bueno, pasaría hace siglos si el tiempo existiera. Eso no sucede aquí.

-¿El tiempo? ¿Qué es esto? ¿Dónde estoy? –se incorpora Eddy alarmado.

-Es difícil de explicar. Lo resumiré; -dijo La Roja- tomaste una decisión que te hizo entrar a un edificio en llamas a punto de estallar... todas las decisiones tienen consecuencias, Eddy.

Eddy se revisa con asombro. No tiene señas de estar herido, nada le duele. No tiene quemaduras, ni nada.

-Pero estoy bien. ¿Salí intacto? ¿Cómo es eso posible?

-No, corazón, moriste. A los segundos de entrar a aquel lugar, todo explotó. Eres cenizas ahora.

-Pero... sigo siendo yo, estoy hablando contigo. ¿Estoy muerto?

-Lo siento, sí, lo estás.

Eddy parpadeó confuso. En realidad no sentía angustia, ni dolor, ni furia, ni arrepentimiento. Curiosamente, se sentía muy a gusto, en paz. Morir tan joven debería tener en él alguna reacción (irónicamente) de "abrevenas", pero no. Se sentía feliz, tranquilo, pleno. ¡a todo dar!

-Esto es muy raro. ¿Eres un ángel? -le dijo a la hermosa mujer de cabello color fuego que lo acababa de despertar.

-¡Qué va! –rió Chris. Soy como tú, alguien que murió y está aquí...

-¿Qué es aquí?

-Aquí es el mismo lugar en donde estábamos, pero... diferente. Es parecido a mirar una película. Estás ahí y te enteras de todo, pero en realidad casi no puedes intervenir.

-¿Casi? ¿Es decir que a veces sí puedes?

-Bueno... he aprendido algunos trucos. No es sencillo, pero con la sutileza adecuada, puedes influenciar a los vivos. Cuando moriste me di cuenta que estás enlazado a alguien que puede ayudarnos a trazar puentes entre los dos mundos.

-Eso suena extraño –respondió Eddy desconfiado.

-Se puede, no preguntes cómo lo sé, no te agobiaré con detalles. Pero digamos que tú estás ligado a una chica que se llama Clara, ¿la recuerdas?

-¡Clara!

De repente y de la nada, el corazón de Eddy se llenó de tristeza. Si estaba muerto, no volvería a ver a Clara. Iba a extrañar tanto a su pequeña chica terremoto.

-Te cambió la mirada. ¿era tu novia? -preguntó La Roja con coquetería.

-No... éramos amigos. Pero ella era...

-¿...algo más? –completó Chris.

-Y ahora, sin haberme atrevido nunca, la perdí... Debí besarla aquella vez.

-No hay peor arrepentimiento que el que se siente por no atreverse a vivir cuando tienes la oportunidad... pero no todo está perdido. Tu amiga, Clara, es muy especial. Ella puede ayudarnos a los dos.

-¿Qué tienes en mente, exactamente? ¡Estamos muertos y el tiempo no existe! ¿Cómo Clara podría hacer una diferencia?

-Ella puede trazar puentes.

-¿Trazar puentes? ¿Cómo?

-Clara es artista, expresa su arte en colores, en lienzos. Por allí podemos colarnos.

-¿Como pinturas suyas, nos comunicaremos? –Eddy intentaba entender.

-Con un poco de suerte, desde sus trazos rojos, lograremos alcanzar a los vivos que amamos. Clara puede percibirnos, Eddy. Podemos susurrarle ideas, movimientos, puede dibujarnos, podemos inspirarla, podemos...

-¡Espera... !¿Quieres manipularla?

-No, no, nada de eso.

-¿Entonces?

-Yo morí cuando nació mi bebé. ¡No puede ser casualidad que Javier, mi esposo, la nombrara como tu Clara. Necesito alcanzarlo y sólo tu amiga puede ayudarme. Puedo comunicarme mediante un lazo emocional y ese sólo lo tienes tú. ¿Me ayudarías?

Eddy, siempre fue muy consciente de las necesidades de los demás. Su enorme empatía era lo que provocaba que no siempre hiciera lo mejor para él. Esta característica le había costado su propia vida. Automáticamente se sintió conmovido ante la idea de una bebé sin su mamá y la desesperación de la madre por comunicarse con su familia. Eddy era ante todo... un héroe, así que decidió ayudar a Chris.

-Ok, dime, ¿qué tienes en mente?

-Lo importante ahora es que reestablezcas el lazo con Clara. Una vez que esté reconectada a ti, yo podré llegar a ella y conducirla a Javier. Ella es artista. Eso ayudará mucho. Mi amor tiene un alma muy sensible.

-¿Cómo haré eso?

-Cuando vivías, ella te soñaba. Ahora serás tú el que te metas en sus sueños.

-¿Me prometes que no la lastimarás?

-Yo sólo quiero reunirme con el amor de mi vida. No le haré daño a Clara.

LA PETICIÓN

Habían pasado ya algunos días de lluvia.

Javier observaba a través de la ventana aún llorosa la tímida luz que parecía anunciar que el viaje habría de continuar... Él y Clara habían pasado la primera noche juntos y había sido indescriptible.

Los caminos se habían torcido demasiado en esos días. Parecían a la mitad. Mitad de la oscuridad, mitad de luz. El amor y el pasado. El amor y el futuro y en el presente; sus cuerpos tallando en sudor, la promesa del ahora.

Tras esa primera pelea, habían durado un par de días separados, hasta que quiso la casualidad que volvieran a encontrarse. Esta vez no hubo dudas, indecisión o miedo. Se necesitaban a piel y se lo dijeron a besos.

No le quedaba claro lo que hallarían sus pasos esta vez, ni tampoco aquello que ya había olvidado. Cuántas nubes se desgarraban en su alma del adiós perdido como algo lejano, ahora todo parecía un sueño.

La música aún vibraba en sus pequeños audífonos. "Es hora de seguir" -pensó. El mar, por una vez en años, volvía calmarse. Y él se inundaba en la claridad de esta nueva forma de mujer amada. Faltaba enfrentar ahora el recuento de los daños. Se mojó la cara y peinó un poco, se puso las botas montañesas que tantos caminos ya habían pisado, ajustó su cinturón y se preparó para salir.

-¿Estás lista? -le preguntó y ella escuchó en sus sueños.

Clara sonrió estirándose desde las sábanas enredadas, aún intentando despertar. Su fina figura se estiró como gato delineando su cintura y sus piernas torneadas.

-Mmmjm… ¿Ya? ¿café? –rogó adormilada.

Él la miró sonriendo. Sirvió el café con cuidado.

-¡Venga, dormilona, que nos toca un largo día! Iré a buscarnos el desayuno. –la besó en los labios y salió del cuarto.

Clara se arrastró hasta la humeante taza de café que le sirvió Javier. La tomó despacio. Devoró su aroma primero. Cerró los ojos y aspiró, el olor tostado y relajante se coló por todos sus poros. No hacía calor. La mañana apenas comenzaba. Acercó la taza a sus labios y el delicioso elixir comenzó a inyectarle vida despacio. Para Clara el café era algo más que una necesidad, era un rito pagano que la debía habitar cada mañana, si es que quería seguir explorando tierras desconocidas. Lo único que requería familiar era la promesa de ese minuto extasiado donde el aroma del café invadía su vida. No podía pensar en un minuto más perfecto que ese mismo instante.

Esta era la primera noche que pasaban juntos y había sido tras una reconciliación sin palabras, mágica. Ella buscó sus labios sin aquel vacío infinito de su ausencia y él bebió de ella con la sed de vidas enteras. Se habían entregado sin esperas, ni rezagos, ni pasado, ni fantasmas, ni nada, ni nadie. Sólo ellos existían. Ella encontró certeza y él por primera vez en años, sació su alma. "Así debe sentirse el amor", pensaron al unísono Javier camino a la tienda y Clara tambaleándose al baño para enjuagarse la cara.

¿Sería un sueño? Desafortunadamente, siempre había algo que delataba la realidad, a veces, era la cafeína que acababa de despertarla, esta vez, para su pesar, era otra cosa.

-¡Venga dormilona, que necesito que despiertes ya! -rió La Roja. Hermosa y delicada, cantarina, con un hermoso vestido de seda blanca.

Clara brincó exaltada al reconocer a Chris. Había pasado la primera noche con el hombre que amaba y al pie de su cama, sonriente, perfecto e intenso, estaba el fantasma de su esposa muerta.

-Necesito tu ayuda. Creo que estás lista. Javier y yo necesitamos tu ayuda, Clara.

Clara la miró desencajada. Ya no era Chris importante. No podía seguir apareciendo en su historia. Ahora Javier y Clara escribirían y dibujarían un nuevo amor. No había ya lugar para "La Roja". No le causaba nada de gracia representar la infidelidad hacia un fantasma.

El día anterior Javier le había susurrado una historia inconclusa que empezó a escribir antes de que su esposa muriera, en un tiempo de crisis que vivió con ella. No sonaba como un viudo enamorado, sonaba como un hombre esperando por algo más, ¿esperándola, quizás, a ella? Clara devoró sus letras casi sin intención. De todas las personas de pluma que la rodeaban, Javier parecía escribir en su piel. Aquello tenía que ser escrito sólo para ella. leerlo era como asomar el alma a ese paraíso al que sólo se llegaba a través de pinceladas.

Todo eso sonaba hermoso, pero algo se había salido de sus manos. La aparición de Chris lo hacía evidente. Una cosa era alucinar al fantasma de Eddy burlándose de su soledad, o como pretexto perfecto para evitar volverse a relacionar. Y otra, muy distinta, desarrollar una nueva relación con la esposa muerta de su nuevo novio. Eso era bizarro y enfermo incluso para el mundo raro de Clara.

La Roja la había querido encontrar antes de que ellos se conocieran, pareciera, incluso, que ella había fomentado el encuentro. Primero fue el lienzo en la callejuela dónde él la atropelló con su patineta. Luego apareció tras la segunda cerveza ese mismo día, en el café donde se conocieron.

Esa noche, Clara soñó con su amado mar, pero ahora rojo. Curiosamente las vivas olas de este mar rojo se fundían con las llamas que consumían también a su amado Eddy. La imagen la hacía brincar con terror en las madrugadas y al despertar, al pie de su cama. Chris le sonreía.

-No será fácil, Clara. Javier es un maldito obstinado. No me preocupa. Sé que escogí bien. –le decía cuando aún no se habían reconciliado.

La Roja, la mujer de los rojos intensos empezó a ser habitual compañera de sus sueños y pesadillas desde que Javier y ella se habían encontrado. Las cosas empeoraron cuando ella supo quién era esa extraña y delicada mujer que se le aparecía en trazos. Conforme se fueron conociendo más y Javier fue compartiéndole detalles de su vida pasada.

-¿Qué haces aquí? ¿Qué quieres de mí? -la enfrentó Clara con más enojo que miedo.

-¡Calla! No tenemos mucho tiempo. Nuestro hombre regresará pronto y tenemos muchas cosas que preparar. Hiciste bien en cansarlo anoche -dijo Chris con malicia-. Lo que yo quiero no es realmente importante. Necesito tu ayuda. Eso es lo que importa. Javier necesita tu ayuda, lo cual es todavía más real para mí. Tienes que hacer algo por nosotros.

Fue entonces cuando un enojado Eddy apareció de la nada y retó a la Roja.

-¡No deberías estar aquí. Bastantes cosas suceden con Clara como para que vengas a complicarle su existencia! -la enfrentó con furia el héroe.

-¿De qué se trata esto? ¿Celos a estas alturas de tu muerte? ¿O la estás haciendo de Celestina? ¡No es como si tu Javier fuera el gran trofeo para ella! ¿Patético viudo enamorado de su esposa muerta con 3 hijas? ¡Clara, no la escuches, no le hagas caso! -Eddy se dio cuenta que algo andaba muy mal. Clara no lo veía ni escuchaba, sólo a la Roja.

Clara parpadeó incrédula. Primera noche con Javier, ¿y su mujer muerta se le aparecía así? ¡Jacobo tenía razón, no necesitaba drogas para viajarse, pero esto era ridículo, eso era peor que un malviaje de peyote!

-Al menos este "hombre patético" tuvo el valor de besar a su amada antes de que ya no fuera posible. -respondió Chris, hiriente. – ¡Vete a salvar vidas, estúpido héroe!

-¡Eso intento! No te desharás tan fácil de mí, Roja. No dejaré a Clara en tus garras. No dejaré que la manipules. Ella no será tu cómplice. – dijo Eddy con fuego en sus ojos.

-Es tarde, Eddy ya no puedes hacer nada. Mi conexión con Clara es directa. No puedes intervenir. Ella no te ve, ni te escucha, Eduardo. Las condiciones son perfectas para que haga lo que yo le diga.

-Por favor, ¡No lo hagas! -rogó Eddy.

-Tú no lo entiendes. La muerte NO debe separar al amor. ¡El amor es más fuerte!

-Si no te detienes por Javier, por mí o por Clara, ¡Piensa en tus hijas! ¡No puedes hacer esto!

-Tst, tst, tst, de nuevo jugando al héroe, Eduardo. Moriste tan joven... cualquiera diría que al perder tu vida como lo hiciste, aprenderías algo, pero no... te tomas demasiado en serio, Eddy. Ya estamos muertos. Déjale esas churradas a los vivos.

Chris rió y ambos desaparecieron en algún lugar de la conciencia de Clara.

BREVES TRAZOS
ROJOS DE UNA ETERNIDAD

"Te contaré su historia: Ella era la ella jovencita de la que él se había enamorado. Y él era el náufrago vencido aferrado a una sombra...

Yo afilé el lápiz para contar una historia, donde el narrador es espía de algo que no le pertenece.

La aventura me llevó a una confusa isla distante de habitantes extraños.

No pude fingir el vértigo del espiral al caer al laberinto.

Ella, de todas las ellas, la más exquisita, merecía de su existencia la mano perfecta de un creador que la amaba. Así que no la escribí yo.

Él lo hizo para mí. Se preocupó de dejar los trazos de la aurora entre sus ojos esmeralda. Y vivir en sus letras, de cada latido el más sutil.

Oscura la eternidad que se sabe sin ella, por eso inventó su deidad en los cielos: Los rizos rojos del sol evocan su pena.

Minutos exactos de historias tibias, donde ella, la ella joven, mira al espejo al hombre que alguna vez fue y se escribe nueva, viviente."

La nota fue hallada en la escena del crimen. El asesino había dibujado con la sangre de la víctima un excelso cuadro de una mujer de rizos rojos, intensos, en un mar rojo rodeado de llamaradas y fuego.

"De nuevo juntos, demonio, infinitos y eternos.

LA ROJA."

QUIÉN ME ESCRIBIÓ

Yamile Vaena creció entre libros, con padres escritores. Abuelo productor y director de la época de oro del cine mexicano, abuela novelista, madre poeta y escritora premiada internacionalmente y padre humorista y guionista reconocido escritor en latinoamérica. Con semejante entorno, Vaena creció entre libros y comenzó su carrera literaria a los 3 años, en un viaje que hizo con sus padres a la playa. Contó en su mente de niña, un cuento de ella en la playa y sus padres la animaron a escribirlo.

Más tarde ese cuento, a sus 8 años, recibió el premio OCEANO/SEP y fue editado en España. El libro "Jugando con Tili" fue premiado un tiempo después en una Feria Infantil y Juvenil del Libro en Japón y escogido para hacer una selección en un libro de texto Americano. Vaena quedó en un lugar de honor, junto a un poema de Amado Nervo y y un cuento de Carlos Pellicer.

En su época universitaria, Vaena fue elegida entre los jóvenes literarios para participar en el evento "Escritores por Adelantado" en Bellas Artes, un evento que consistía en la lectura de todo un serial de cuentos cortos.

Desde entonces, sus letras han evolucionado. Participando activamente con sus creaciones en diferentes medios de comunicación tradicionales, electronicos e impresos y siempre brillando por la poderosa voz en sus letras. Destacándose en la participación de un blog literario que ha llegado a recibir más de 40 mil visitas diarias:

http://lavisiondelextranjero.blogspot.com/

Con la historia "Desde sus trazos Rojos", Vaena comienza una nueva etapa literaria, donde expande sus personajes más allá de lo imaginario en este divertido thriller romántico.

De esta misma autora:

Conoce la nueva edición de Jugando con Tili en 4 idiomas, a todo color, un hermoso libro publicado gracias al amor y ayuda de personas de todo el mundo para que una nena que sufrió un grave accidente recupere su movilidad. Busca **"que Kiara vuelva a Correr en la Playa"** en facebook.

DESDE SUS
TRAZOS ROJOS

Made in the USA
Middletown, DE
12 December 2015